Moodcooking

Über die Autorinnen

Katharina Burkhardt kocht schon seit Kindertagen leidenschaftlich gern kleine und große Buchstabenmenüs. Ihre Spezialität sind Alltagsgerichte, die sie kräftig mit Seelenkitzlern abschmeckt, und leichte Snacks, deren scharfe Gewürze gelegentlich eine verführerische Wirkung haben.

Mittlerweile hat sie ihre Leidenschaft zum Beruf gemacht und zeigt Firmen und Einzelunternehmern, wie sie mit wenigen Zutaten köstliche Wortgerichte zaubern können. Dabei ist sie gleichzeitig Handwerkerin und Künstlerin, schnippelt großes Textgemüse schnell und gekonnt klein, verfeinert üppige Wortschwarten perfekt mit einer Prise Rechtschreibung oder kreiert aus einer Handvoll Buchstaben eine wohlschmeckende Mahlzeit.

Katharina Burkhardt lebt und arbeitet in Hamburg. Mehr über ihre Künste erfahren Sie hier: www.katharina-burkhardt.de

Elke Rathsfeld schaut Führungskräften in die Töpfe und hilft beim Auslöffeln schwieriger Suppen, bei der Konzeption strategischer Menüs und würzt mit pfiffigen Ideen. Sie verabscheut Einheitsbrei und kreiert mit ihren Kunden individuelle Geschmackssachen mit durchaus Salz in der Suppe. Dabei legt sie Gerüchteküchen auf Präsentierteller und erweist sich als Trüffelschwein der Ressourcen und Stärken.

Elke Rathsfeld lebt in Frankfurt und arbeitet bundesweit als Management-Trainerin und Coach. Mehr über ihre Künste erfahren Sie hier: www.rathsfeld.com

Brigitta Knoll schwingt in ihrem Wiener Atelier die Pinsel in die Farbtöpfe und bringt die Gerichte auf den Punkt.

Die großen und die kleinen Gefühle verarbeitet sie mit feiner Würze, frischen Farben und zarten Formen, sodass sie niemals schwer im Magen liegen.

Weinflaschen verschönt sie ebenso, wie die Räume großer Weindomänen der Wachau, sie betreibt die Zweigstelle einer Glücksmeldestelle, bebildert Glückstrainings und Kinderbücher und verabreicht genüsslich gezeichnete Geheimtipps und königliche Speisen.

Mehr über ihre Künste erfahren Sie hier: www.brigitta-knoll.com

Impressum

© 2012 Katharina Burkhardt, Elke Rathsfeld

2. Auflage 2016

Umschlagillustration: Brigitta Knoll, www.brigitta-knoll.com

Umschlaggestaltung: Alexander Kopainski, www.kopainski-artwork.weebly.com

Satz: Marte Kiessling, www.martemarte.de

Herstellung und Verlag:

BoD – Books on Demand, Norderstedt

ISBN 978-3-8370-2937-6

Moodcooking

Katharina Burkhardt

Elke Rathsfeld

Inhalt

Es ist angerichtet. Guten Appetit!

Liebe geht durch den Magen, das ist bekannt. Aber wissen Sie auch, wie Sehnsucht schmeckt und was man kocht, wenn man richtig wütend ist? Nicht? Dann sollten Sie »Moodcooking« lesen. Tauchen Sie Ihre Neugier tief in den Suppentopf voller Stimmungen und Gefühle ein, die, fein gewürzt mit Humor und frischen Kräutern, nach Liebe, Lust und Einsamkeit duften.

Verliebte kochen anders als Menschen, die tief enttäuscht oder traurig sind. Das ist die Idee zu diesem Buch. Die Autorinnen gehen den Gelüsten in den verschiedensten Gefühlslagen nach. Die beiden Meisterköchinnen bereiten selbst aus den schäbigsten Angeboten vom Wochenmarkt der Gefühle raffinierte Speisen zu. Sie spielen mit Kochrezepten, Worten und, ja, Gefühlen. Entstanden ist eine Melange aus Kurzgeschichten, kulinarischen Häppchen und fantasievollen Gebrauchsanweisungen. Üppige Menüs wechseln sich mit leichten Snacks ab. Manche Geschichte wird zum Rezept, und manches Rezept mutiert zum philosophischen Salat.

Probieren Sie, wie Königsberger Klopse schmecken, die mit Verachtung, Zorn und Spott gewürzt wurden. Oder geben Sie sich der verführerischen Wirkung von Pflaumenkuchen hin. Doch Vorsicht! Nicht alles, was gut riecht, ist auch bekömmlich.

Der Therapeut entpuppt sich als blutrünstiger Koch, der anderen das Fell über die Ohren zieht, und zur Abendeinladung bei einem enttäuschten Liebhaber sollte man sich sein Essen besser selbst mitbringen.

Manchmal steckt das eigene Glück in einer Tiefkühltruhe im Supermarkt fest. Eine Mutter erklärt ihrer Tochter mit Brausepulver das Leben. Und gelegentlich findet sich in Gelatine ein Geheimrezept für die Liebe. Dieses Buch schmeckt bunt, frech, verführerisch, mal zärtlich, mal melancholisch, boshaft und lustig. Stöbern Sie nach Lust und Laune darin, lassen Sie sich im Fluss Ihrer Emotionen treiben und entdecken Sie dabei Gerichte und Geschichten für jede Lebenslage, gemäß dem Motto: Die nächste Stimmung kocht bestimmt.

Die Ideenköchin empfiehlt:
4-Gänge-Inspirationsmenü nach Art des Hauses

Köchin: Katharina Burkhardt

knackiger Silbensalat an pfeffrigem Ideendressing
***
feine Buchstabensuppe
aus hausgemachten Vokalen und Konsonanten
***
zartes Filet vom jungen Text,
eingelegt in einer kreativen Marinade
aus Wünschen, Ideen und Möglichkeiten,
auf den Punkt genau gegrillt

Dazu reichen wir originelle Wortschöpfungen
mit geraspelten Ausrufezeichen
und unkonventionelle Lösungsvorschläge,
kross gebacken in glühender Leidenschaft.
***
luftig-leichtes Gedankensoufflé
aus hauchfeinen Zukunftsvisionen und frischen Fantasien,
garniert mit einem fruchtig-roten i-Tüpfelchen
aus eigenem Anbau
***
Getränkeempfehlung:
ein wohltemperierter Esprit, Jahrgang 1967
humorvoll, zart, elegant im Abgang
***
Spezialität des Hauses:
ein erfrischender Hessengeist von 1964
temperamentvoll, herzerwärmend,
mit südländischer Note

Sächsischer Pflaumenkuchen

Katharina Burkhardt

Die Hitze lag an diesem Samstag im August 1963 drückend auf dem kleinen sächsischen Ort. Der Marktplatz war menschenleer, als Richard Krempin ihn überquerte, und auch er wäre lieber in der Kirche geblieben, hinter deren dicken Mauern es angenehm kühl war. Doch er konnte unmöglich den ganzen Nachmittag dem Organisten zuhören, der für den Gottesdienst am nächsten Morgen probte; schließlich hatte er noch Termine. Als er in die Poststraße einbog, kam ihm eine junge Frau entgegen, die einen Kinderwagen vor sich herschob.

»Guten Tag, Herr Pfarrer«, grüßte sie freundlich, und als sie sah, dass Richard trotz der hochsommerlichen Temperaturen einen dunklen Anzug trug, fügte sie mitfühlend hinzu: »Ach, müssen Sie denn an so einem heißen Samstag unbedingt noch arbeiten? Ein bisschen Ruhe täte Ihnen doch auch gut, oder?«

Richard lächelte höflich und erwiderte den Gruß. Annemarie Stegmann kam regelmäßig in seine Bibelstunden.

»Nun ja«, fügte er hinzu, »wir Pfarrer sind ja sozusagen immer im Dienst. Und heute wartet eine schöne Aufgabe auf mich. Die alte Frau Hempel wird neunzig, da möchte ich ihr gratulieren.«

Er verabschiedete sich freundlich von Frau Stegmann und öffnete das schmiedeeiserne Gartentor zur Poststraße Nummer vier.

Mit raschen Schritten ging er durch den Vorgarten bis zur Haustür und wischte sich dabei mit einem Taschentuch den Schweiß von Stirn und Nacken. Das Haus zeugte von einer Zeit, in der man noch großzügig gebaut hatte, mit hohen Decken, Bogenfenstern und Stuckverzierungen. Doch wie überall im Osten fehlte es den Eigentümern auch hier an Geld und Baumaterial. Feine Risse durchzogen den grau gewordenen Putz, und an Fensterrahmen und Haustür blätterte die Farbe ab. Nachdenklich musterte Richard die Tür, während er darauf wartete, dass ihm geöffnet wurde. Es dauerte lange, bis er Schritte vernahm. Endlich stand Gertrud Engelmann vor ihm, die Tochter der Jubilarin.

»Ach, Herr Pfarrer Krempin!«, rief sie erfreut, und statt ihrer Hand streckte sie ihm eine große Kuchenplatte entgegen, auf der sich eine beachtliche Menge quadratisch geschnittener Stücke Pflaumenkuchen befand. »Was für ein Glück, dass ich Sie überhaupt gehört habe, denn wir sitzen alle im Garten. Aber ich musste mal ein bisschen Nachschub für die hungrigen Mäuler holen.«

Richard atmete den köstlichen Duft von frisch gebackenem Hefeteig ein, und ihm wurde bewusst, dass es lange her war, seit er ein bescheidenes Mahl zu sich genommen hatte. Er nahm Gertrud Engelmann die Kuchenplatte ab, und der Geruch des Kuchens umhüllte ihn sanft und verführerisch. Ein wenig benommen folgte Richard Frau Engelmann in den Garten, wo sich zahlreiche Gäste im Schatten eines Apfelbaums um eine Geburtstagstafel versammelt hatten. In der Mitte thronte auf einem schweren Lehnstuhl, den man eigens aus dem Wohnzimmer nach draußen geschafft hatte, Erna Hempel, das Geburtstagskind. Richard überreichte ihr eine Karte mit den üblichen Segenswünschen und ein Gebetsbüchlein. Erna Hempel war trotz ihres hohen Alters noch bei guter Gesundheit, und ihre Augen blitzten lebhaft hinter den Brillengläsern.

»Das ist unser neuer Pfarrer«, erklärte sie ihren Gästen. »Er arbeitet hier, seit Pfarrer Mayer in Ruhestand gegangen ist. Sie sind ja noch recht jung«, fügte sie mit einem Augenzwinkern an den schlanken, hochgewachsenen Richard hinzu, »aber mir scheint, Sie machen Ihre Sache gut.«

»Vielen Dank.« Richard schaute in schmunzelnde Gesichter, die ihn neugierig musterten.

»Und das hier sind meine Enkelkinder«, fuhr Erna Hempel mit unüberhörbarem Stolz in der Stimme fort. »Die Margot und die Ingrid. Die leben beide im Westen, genauso wie der Günther mit seiner Frau Barbara. Nur das Nesthäkchen, die Erika, lebt auch im Osten, in Berlin.«

Die jungen Leute grüßten Richard freundlich. Sie trugen alle leichte Sommerkleidung, und Richard war froh, dass er sein Jackett ebenfalls ausziehen durfte.

»Es ist heute zu heiß für Förmlichkeiten«, sagte Günther und deutete Richard an, die Hemdsärmel auch noch aufzukrempeln.

»Sie möchten doch sicher auch ein Stück Kuchen, nicht wahr?«, fragte Ingrid, und Richard nahm Platz auf einem Klappstuhl, ließ sich Kaffee einschenken und einen Teller mit Pflaumenkuchen und frischer Schlagsahne reichen.

Die geviertelten Pflaumen lagen dicht aneinander und waren leicht in den luftigen Hefeteig eingesunken und zusätzlich in Streuseln eingebettet. Um dem Kuchen noch mehr Süße zu verleihen, hatte Gertrud Engelmann ihn nach dem Backen mit Zucker bestreut. Richard spürte den süßsauren Geschmack der Früchte auf seiner Zunge, noch bevor er den ersten Bissen kostete. Am liebsten hätte er vor Genuss die Augen geschlossen. Dieser Kuchen war der beste Kuchen, den er jemals gegessen hatte, ein Gedicht, die Krone sächsischer Backkunst sozusagen. Dazu gab es echten Bohnenkaffee, den Margot aus Nürnberg mitgebracht hatte, und dessen voller, herber Geschmack perfekt mit dem fruchtigen Kuchen harmonierte.

Richard beantwortete mit vollem Mund Fragen zu seiner Arbeit. Es war seine erste Pfarrstelle nach dem Vikariat. Ihm gefiel der kleine Ort gut und er konnte sich durchaus vorstellen, hier noch einige Jahre zu verbringen.

Die Kinder der Engelmanns waren schon lange aus dem Haus und er begegnete ihnen allen zum ersten Mal.

»Und wo leben Sie?«, fragte er Ingrid, die ihn mit denselben lebhaften Augen wie ihre Großmutter ansah.

»In Hamburg. Ich bin Krankenschwester an einer großen Klinik.«

»Ach, das ist ja interessant.« Richard wäre eigentlich gerne Arzt geworden, aber er engagierte sich nicht in der Partei und hatte daher nur einen Studienplatz für Theologie erhalten.

»Der Schwarzwald ist auch wunderschön.« Jetzt mischte sich Günther mit in das Gespräch ein. »Da kann man herrliche Ausflüge machen.«

»Das kann ich mir denken.« Richard leckte sorgfältig seine Kuchengabel ab. Er litt nicht so sehr unter dem Reiseverbot wie andere DDR-Bürger, aber manchmal wünschte auch er sich, dass das Leben leichter und unkomplizierter wäre.

Ingrid servierte ihm ein zweites Stück Kuchen, und statt sich mit politischen Fragen zu befassen, gab Richard sich wieder ganz dem Genuss dieser wunderbaren Köstlichkeit hin. Das zweite Stück schmeckte fast noch besser, denn nun war der erste Heißhunger gestillt und Richard verlor sich in dem wohligen Gefühl vollkommenen Glücks. Er ließ das fröhliche Geplänkel der Familie über sich hinweg gleiten und widmete sich ganz seinem Kuchen.

Auf einmal brach Hektik aus. Margot musste zum Bahnhof, sie wollte noch heute mit dem Abendzug zurück nach Nürnberg fahren.

»Kinder, jetzt müsst ihr aber machen«, rief Gertrud Engelmann aufgeregt, als Margot immer noch in ein Gespräch mit ihrer jüngsten Schwester Erika vertieft war, von der ihr die Trennung besonders schwer zu fallen schien. Endlich lief Margot ins Haus, um ihr Gepäck zu holen. Die restliche Familie folgte ihr und überhäufte sie mit guten Wünschen und Ratschlägen. Selbst Erna Hempel erhob sich schwerfällig aus ihrem großen Stuhl, um der Enkelin vom Gartentor aus hinterher zu winken.

Nur Richard blieb auf seinem Klappstuhl an der großen, nunmehr leeren Geburtstagstafel sitzen. In all dem Trubel hatte er die Gelegenheit verpasst, sich ebenfalls zu verabschieden, damit die Familie noch ein wenig unter sich sein konnte. Niemand hörte ihm zu, niemand beachtete ihn. Man hatte ihn einfach vergessen.

Richard trank den letzten Schluck Kaffee aus seiner Tasse und verscheuchte ein paar Wespen, die sich auf dem Kuchen niedergelassen hatten. Fünf Stücke lagen noch auf der Platte. Ob es auffallen würde, wenn gleich nur noch vier da lagen? Von der Straße her hallten Stimmen herüber. Der Abschied von Margot schien sich noch etwas hinzuziehen. Rasch nahm Richard sich eins der Kuchenstücke und aß es gleich aus der Hand. Dieser Pflaumenkuchen war wahrhaftig ein göttliches Geschenk.

Da bog Ingrid überraschend um die Hausecke. Hastig schluckte Richard den letzten Bissen hinunter und stand auf.

»Entschuldigen Sie vielmals«, rief Ingrid, »mir fiel eben erst auf, dass wir Sie ganz vergessen haben. Sie Ärmster müssen sich ja völlig verlassen vorkommen.«

»Das macht überhaupt nichts.« Richard fühlte beim Sprechen die letzten Kuchenkrümel auf der Zunge. »Ich wollte mich ohnehin auch verabschieden.«

»Möchten Sie nicht noch ein Stück Kuchen essen, Herr Krempin? Kommen Sie, der muss weg.«

Richard zierte sich nicht lange, sondern setzte sich wieder hin und reichte Ingrid seinen Teller. Die Schlagsahne war mittlerweile in der Wärme zerlaufen und umhüllte die Pflaumen nun wie ein fließender Crememantel. Ingrid setzte sich Richard gegenüber und schenkte Kaffee ein.

»Dieser Kuchen ist ehrlich gesagt eine Wucht«, sagte Richard. »Ihre Mutter ist eine großartige Bäckerin.«

Ingrid lachte und versprühte Energie und Lebendigkeit. Während Richard sich mit der Gabel ein weiteres Stück süßer Verführung in den Mund schob, fing er ihren Blick auf. Ihre Augen hatten die Farbe frischer, junger Pflaumen, und als er nun das weiche Fruchtfleisch in seinem Mund erspürte, war ihm, als würde er Ingrids volle, rote Lippen küssen. Auf einmal schien die Welt stillzustehen. Richard vergaß, dass er im Dienst war, und er vergaß die ganze Geburtstagsgesellschaft. Er schmeckte die Süße auf seiner Zunge und fühlte sie gleichzeitig in seinem Herzen. In seinem Mund mischte sich der Teig mit dem saftigen Obst und der Sahne. Er kostete das zarte Fleisch und die samtige Schale einer Pflaume und die verführerische Süße zerlaufenen Zuckers. Die leichte Säure der Früchte sorgte für eine wunderbare Erfrischung, die auf einmal seinen ganzen Körper zum Prickeln brachte.

Ingrid sprach unablässig zu ihm, aber Richard nahm keines ihrer Worte wahr. Er ertrank in ihren pflaumenblauen Augen und verschmolz mit ihr wie die Butterstreusel in seinem Mund mit der Sahne. Die Hitze des Sommernachmittags schlug über ihm zusammen und nahm ihm den Atem.

»… das letzte Stück teilen«, hörte er Ingrid sagen und fragte verwirrt: »Was, schon das letzte Stück?«

Die Kuchenplatte war leer bis auf ein letztes, besonders mächtiges Stück, das Ingrid nun in zwei Hälften teilte und eine auf Richards Teller legte und die andere auf ihren eigenen. Sie lächelte Richard unablässig an, während sie gleichzeitig mit ihm die Kuchengabel zum Mund führte. Eine Locke ihres dunklen Haares hing ihr keck in das bildschöne Gesicht, und als Richard einen zauberhaften Glanz in ihren Augen entdeckte, begriff er, dass irgendetwas in den letzten Minuten geschehen sein musste, in denen er offenbar, ohne es zu merken, drei Stücke Kuchen gegessen hatte. Auf einmal fühlte er sich wunderbar satt und gleichzeitig so leicht wie das Sommerlüftchen, das soeben aufkam und mit Ingrids Haaren spielte.

Günther schlenderte Arm in Arm mit seiner Frau Barbara zurück in den Garten, dicht gefolgt von der übrigen Familie.

»Ich habe Pfarrer Krempin gerade vorgeschlagen, dass wir morgen alle zusammen zum Paddeln an den Baggersee fahren«, sagte Ingrid, und ihre Wangen glühten. Hatte sie das? Richard konnte sich nicht daran erinnern. Günther musterte seine Schwester und dann den Pfarrer eingehend und sagte schließlich sichtlich erfreut:

»Das ist ja eine großartige Idee!«

Richard schaute wieder in diese pflaumenblauen Augen. Und während die ganze Familie gleichzeitig auf ihn und Ingrid einredete, wurde ihm gewahr, dass er an diesem besonderen Nachmittag im August nicht nur den besten Pflaumenkuchen, sondern auch die Frau seines Lebens gefunden hatte. Er lehnte sich entspannt in seinem Stuhl zurück und stieß einen tiefen Seufzer aus:

»Ich glaube, ich war in meinem ganzen Leben noch nie so satt«, sagte er und leckte sich voller Glück den Zucker von den Lippen.

Äpfelchen mit Keks

Elke Rathsfeld

Ehrlich gesagt ist Trauer ein Gefühl, mit dem man nicht kochen kann und gegen das sich nicht ankochen lässt.

Nicht etwa, weil die Trauer mit der Depression zu vergleichen ist, welche bewegungslos und gelähmt in der Ecke sitzt, unfähig, einen Kochlöffel oder einen Pfannenwender zu führen.

Die Depression ist ein selbst hergestellter Zustand, eine vom Körper hart erarbeitete Gefühllosigkeit, eine Ummäntelung des Nichts, eine hormonelle Ärgerlichkeit und vieles mehr. Aber sie ist keine Trauer.

So gesehen ist Trauer eigentlich kein Gefühl, sondern eine Naturkatastrophe, ein Überfall der Wirklichkeit auf die Möglichkeit. Plötzlich steht ein Mensch stumm oder auch brüllend und stiert in die Wahrheit, bohrt mit den Augen Löcher ins Nichts, und Unumkehrbarkeiten schlagen sich glasklar in Herz und Hirn.

Trauer lässt die Welt stillstehen. Lassen Sie sich von anderen nicht das Gegenteil einreden. Auch wenn es den Anschein hat, sie drehe sich weiter. Dem ist nicht so. Sie steht definitiv still, und der Trauernde hört und sieht das ganz genau.

Der Trauernde leidet nicht unter Dopaminmangel, wenn er sich vom Entsetzen lähmen lässt. Und auch ist ihm die Zunge nicht abhanden gekommen, wenn er vor Schmerz verstummt. Gegen beides gibt es keine einzige heilsame Buchstabensuppe und auch keine lindernde Würzmischung.

Und also gibt es kein Kochen beim Trauern.

Nur kochen lassen.

Jemanden, der mit Liebe kochen kann.

Wer in Trauer ist, wird sich wiederfinden in der Küche eines Liebenden. Da die Welt stillsteht, wird der Trauernde nicht wissen, wie er in diese Küche kam. Das ist auch völlig irrelevant. Dass sich bei solchen Naturkatastrophen plötzlich eine Küche auftut, in der jemand mit Liebe kocht, gehört zu den Rätseln des Lebens.

Mit Liebe kochen heißt, lediglich drei Dinge wirklich gut machen zu können, und es ist keine Frage einer Rezeptur, sondern eine Frage des Gefühls.

Erster Tag der Trauer: Süße

Gedrückte Äpfelchen mit Keks sind gut gegen jede vitale Trauer.

Dazu gehören Liebeskummer, Weltschmerz und die Kümmernisse sehr junger Menschenkinder.

Die Zubereitung ist einfach, aber die wichtigste Zutat »Liebe« will gelernt sein.

Der Baum wächst in den Himmel, und die Frucht seiner Sehnsucht ist der Apfel. Seit wir nicht mehr im Paradies leben, ist er uns glücklicherweise nicht mehr verboten – und enthält doch immer noch alle Wissenssehnsucht und glänzt hoffnungsschimmernd.

So wie das Herzchen des Trauernden wird der süßsaure Apfel geschreddert. Da man das Unglück nicht zur Verfügung hat, muss man zum Schreddern des Apfels eine neumodische Häckselmaschine oder eine simple Käsereibe verwenden. Wenn man einen Trauernden bekocht, ist es wichtig, hier eine kleine Seufzpause einzulegen und den kläglichen Rest, die kleinen Apfelfitzel, zu beäugen.

Gleiches mutet man einem süßen Butterkeks zu, oder auch zweien, dreien, vieren. Die Mischung aus zerschreddertem Paradiesäpfelchen und klein gemurkstem Butterkeks muss eben stimmen, und ja, genau ... diese Mischung gelingt nur liebenden Müttern und besten Freundinnen.

Zweiter Tag der Trauer: Liebe

Die Königsdisziplin gegen schwere Trauer ist die Bouillon, die am besten bei ganz schwerer Trauer schon am ersten Tag gekocht wird.

Um es mal ganz deutlich zu sagen: Die Bouillon kann fast nur von Müttern hergestellt und verabreicht werden. Sollte die Mutter abhanden gekommen, gestorben oder geflohen sein, bleibt nur zu hoffen, dass sich eine Ersatzmutter, eine Schwiegermutter oder eine Tagesmutter einfindet, die eine klare Brühe machen kann. Diese hilft gegen alles, was schwächt. Seien es Viren, Mathematiktests, Abschlussbälle mit dem falschen Partner oder frisch verstorbene Haustiere jeglicher Abstammung und andere Todesfälle.

Das in Wasser gekochte Rindfleisch sollte noch einen Knochen enthalten, denn er hat die Stärke und Nervenschmiere, die dem Trauernden gerade zerbrochen und geraubt wurde. Für Trauernde mit Kloß im Hals oder zugeschnürtem Magen wird das Fleisch selbstverständlich aus der Bouillon entfernt und diese wird unauffällig in einer Tasse gereicht.

Das Suppengrün mitsamt den orangefarbenen Karotten sorgt für einen leicht würzigen Geschmack, gerade eben so viel, wie der Trauernde noch aushält. Es erinnert den Trauernden ans Leben, und mit etwas Glück dreht sich die Welt kurz ein ganz kleines Stück weiter. Die Brühe kocht sich eigentlich von ganz allein, sodass die liebende Köchin den Trauernden im Arm halten kann, damit dieser nicht ganz aus der Welt herauskippt. Und Salz kommt in die Bouillon, die eigentlich ein Teller Mutterliebe ist. Das Salz ist gut für die Tränen, muss sowieso in die Suppe und ist Leben.

Dritter Tag der Trauer: Bitteres

Auch dieses Mittelchen für Trauerzeit ist ein echtes Geheimrezept. Es erlaubt dem Liebenden, nur wenig Zeit mit Kocherei zu verplempern, denn wichtig beim Kochen in der Trauerzeit ist es, immer Zeit zu haben, um Tränen zu trocknen, Schluchzer abzufangen, Drückerchen zu geben und Haare sanft zu berühren.

Für das Geheimrezept benötigt man nur irgendeine Nudel. Ehrlich gesagt sind Nudeln eigentlich gegen alles gut: gegen unerfüllte Liebe, gegen unerfüllte Leidenschaft, überhaupt gegen unerfüllbare Wünsche und natürlich für die wirklich traurigen Momente im Leben.

Während also dieses nudelige Allheilmittel kocht und weich wird, wirft man gewürfelte Tomaten und etwas Chili in einen Topf. Der Chili soll die Schweißproduktion ankurbeln, denn wer schwitzt, hat wieder Herzklopfen. Ob die Tomaten in der Dose, im erbosten Gläschen oder per Hand zerkleinert wurden, ist dabei völlig unerheblich. Um Zeit zu haben, geht es völlig in Ordnung, ausnahmsweise auf fertige Tomatenfetzchen zurückzugreifen.

Wichtig ist, dass man die Tomaten mit salzigem, bittermelancholischem Schimmelkäse verfeinert, diesen also in die blubbernde Tomatensoße gibt, sodass er schön schmilzt, während Nudeln jeglicher Art vor sich hin köcheln.

Es ist auch völlig in Ordnung, wenn der, den man bekocht, ein bisschen auf den Teller stiert, nur zeitlupend darin herumstochert und ins Nichts blickt. Das macht gar nichts. Mit Liebe Gekochtes findet seinen Weg allein ins Mündchen und muss gar nicht im Magen ankommen. Es geht direkt dorthin, wo es hin soll: ins Herz.

Klöße und Sauerbraten

Katharina Burkhardt

Sie fühlen sich schlapp und haben zu nichts Lust? Das Wetter ist schlecht, Ihre Kollegen nerven, der Gatte versteht Sie nicht, die Kinder quengeln? Und jetzt kriegen Sie auch noch Ihre Tage. Klingt ganz so, als seien Sie ein echter Trauerkloß. Wenn Sie sich gerne in Selbstmitleid suhlen und dieses Gefühl trostloser Schwere noch eine Weile genießen möchten, dann sind Kartoffelklöße und Sauerbraten das perfekte Gericht für Sie.

Ihre Familie wird Sie zunächst für dieses Essen lieben, denn es schmeckt flüchtig gekostet ausgesprochen gut und verschleiert seine heimtückischen Absichten. Sie werden arglos und voller Gier einen Kloß nach dem anderen in sich hinein schaufeln, ihn tief in die Soße eintauchen, ein Stückchen Fleisch folgen lassen, immer mehr und noch mehr, bis es zu spät ist. Die aus Mehl und gekochten Kartoffeln zubereiteten Klöße werden Ihnen schwer im Magen liegen und Ihren sinnlosen Trübsinn noch verstärken. Der Essig, in dem der Sauerbraten tagelang herumlag, lässt Sie noch sauertöpfischer gucken als ohnehin schon. Wenn sich Kloßpampe und Fleischmatsch schließlich in Ihrem Magen verbinden, dann geschehen gefährliche Verwandlungen. Sie werden sich dick und schwer fühlen, und zu Ihrer ohnehin schlechten Laune gesellt sich nun ein Gefühl von: »Ich bin fett und hässlich und niemand liebt mich. Am allerwenigsten liebe ich mich selbst.«

Spätestens in diesem Moment sollten alle Menschen, die Ihnen lieb und teuer sind, die Flucht ergriffen haben. Denn nun sind Sie nicht mehr nur ein sauertöpfischer Trauerkloß, sondern eine wandelnde Zeitbombe. Am besten ziehen Sie sich auf eine einsame Insel zurück, bis diese kritische Phase vorbei ist. Morgen ist auch noch ein Tag. Und übermorgen erst recht.

Blutente: Der Koch-Psychologe rät ...

Elke Rathsfeld

Wut ist extrem gut, um schlank zu werden, denn wenn einem die Galle erst einmal übergelaufen ist und man so richtig schäumt vor Wut, dann kriegt man einfach keinen Bissen mehr runter. Zunächst hat man die Wut im Bauch und bekommt einen dicken Hals, zuletzt kocht man buchstäblich vor Wut. Wenn man selbst überkocht, kann man zwar nichts essen, aber hervorragend für andere kochen.

Mit Wut im Bauch zu kochen, ist echtes »Wildcooking«, da muss man auf jeden Fall etwas entbeinen, diesem Etwas zuvor das Fell über die Ohren ziehen oder doch zumindest die Haut vom Leib brennen, um es sogleich durch den Fleischwolf zu drehen.

Ganz wichtig ist es, Fleisch in die Pfanne zu hauen.

Sind sie Fleischfresser?

Dann haben Sie vielleicht noch einen natürlichen Zugang zu Ihrer Wut und machen einen Canard au Sang (Ente à la Rouen oder auch: Blutente). Einen Schlachter zu finden, der die Ente beim Schlachten erstickt, könnte zum Problem werden, zumindest, wenn man nicht in Frankreich lebt. Aber nur so bleibt das Blut im Körper, der sogleich gerupft und geöffnet werden muss. Das fließende Blut bewahren Sie für die Soße auf und die Ente grillen Sie im Ofen. Befreien Sie sogleich das gegrillte Federtier von seinen Knochen und werfen Sie diese zusammen mit dem aufgefangenen Blut in eine Geflügelpresse. Zugegeben, die hat nicht jeder, aber echte

Wutköche besorgen sich dieses Gerät vorsorglich. In die Geflügelpresse hinein kommen all das Blut des Schnattertiers, die Knochen der dummen Gans – nun gut, das Federvieh ist eine Ente – sowie die Innereien. Nun geben Sie Ihre ganze Kraft ins Pressen.

Nachdem Sie sich die Wut aus Ihren Armen heraus gepresst haben, wird das Resultat nun verfeinert. Samtiger Rotwein und leuchtender Cognac werden mit scharfen Schalotten und weicher Butter der erpressten Soße hinzugefügt.

Jetzt ist fast alles wieder gut.

Aber zugegeben, in Deutschland ist das Ersticken einer Ente streng verboten, nicht jedoch die Nutzung einer Geflügelpresse, um Knochen und Innereien zur Soßenzubereitung zu verwenden.

Und gut … in Deutschland gibt es zwischenzeitlich doch recht viele Vegetarier, die auf diese Weise nicht kochen können. Aber auch Vegetarier sind mal wütend.

Wütende Vegetarier sollten – so wie die Fleischfresser auch – schreddern, häckseln, entkernen und zerkleinern. Es bietet sich daher im Prinzip jede Art von Eintopf an, für den jede Menge Gemüse zerkleinert wird, und Quiches sowie andere Teigwaren, deren Herstellung vollen Körpereinsatz benötigt. Sauerteige und auch Hefeteige kann man ordentlich würgen, schlagen und gegen die Wand schmeißen! Das ist gut für den Teig und heilsam für die Seele.

Das perfekte Rezept für wütende Vegetarier ist aber natürlich Penne Arrabiata. Wie die Nudel, so der Koch: einfach wütend.

Zumeist sind jedoch Vegetarier eher friedliche Menschen, die nicht wirklich zu Wutausbrüchen neigen. Daher empfehle ich, mit dem Würfeln der Zwiebeln zu beginnen, damit Sie zum Einstieg ein bisschen vor Wut heulen können.

Ab dem Moment, wo Sie sich etwas lächerlich vorkommen, können Sie mit der eigentlichen Zubereitung beginnen. Noch besser ist jedoch die Vorstellung, die Zwiebeln lebten noch!

Wichtig ist es, dass Sie unschuldige, hübsch vergnügte, rote Strauchtomaten genüsslich ins siedende Wasser werfen, um ihnen sogleich die Haut vom Leibe zu ziehen. Die gehäuteten Tomaten legen Sie in ein Sieb und drücken diese mit einem groben Holzklotz hindurch. Einige Zehen Knoblauch dürfen Sie nun genüsslich und mit viel Kraft klein hacken, und ein paar rote scharfe Chilis bearbeiten Sie mit einem scharfen Messer, sodass nur noch kleine rote Stückchen von ihnen übrig bleiben.

Nun übergeben Sie das Ganze dem Höllenkessel aus brodelndem Olivenöl, und ein paar widerständige Penne können Sie nun im bollernden Wasser weich kochen.

Wenn Sie abschließend noch dem Pecorino an der Käsereibe mit vollem Körpereinsatz die Struktur zerfasern, müsste der schlimmste Wutanfall eigentlich vorüber sein.

Ein ganz anderes Kapitel ist es natürlich, wenn Sie stocksauer das Wut auslösende Subjekt bekochen. In diesem Fall wird das Kochen zur Attentatsvorbereitung, und selbstverständlich reden wir dann über legale Gifte, die jedoch ein Kapitel für sich sind und an anderer Stelle behandelt werden sollen.

Wichtig beim wütenden Kochen ist es, sich nicht zu versündigen, denn Wut ist ein nur kurzfristig erlebbares Gefühl.

Verderben Sie es sich also nicht mit dem Universum und verzichten Sie auf Flüche, denn die versauen dem Anderen sein ganzes Leben und Ihnen Ihr Karma.

Pizza Salami

Katharina Burkhardt

Robert Krämer brauchte es übersichtlich. Sein ganzes Leben bestand aus Ordnungen und Strukturen. Er stand jeden Morgen um Punkt sechs auf, außer sonntags, da blieb er bis sieben im Bett. Er trank zum Frühstück einen Becher Milchkaffee und las dabei die Schlagzeilen in der Tageszeitung. Für die Artikel nahm er sich Zeit, wenn er in der S-Bahn saß, auf dem Weg ins Büro. Dort trank er den zweiten Kaffee und aß das Käsebrötchen, das er sich unterwegs gekauft hatte. Am Wochenende, wenn er zuhause frühstückte, aß er zwei Scheiben Toastbrot mit Erdbeerkonfitüre.

Robert Krämer arbeitete im Controlling einer Firma, die Kunststoffverpackungen herstellte. Er war stets der Erste und der Letzte im Büro. Dort saß ihm der dicke Horst gegenüber, ein gutmütiger Kerl, der mit ihm die Fußballergebnisse vom Wochenende diskutierte, über den Chef lästerte und ihn ermutigte, doch mal mit der blonden Karin aus der Buchhaltung auszugehen, die sei wahnsinnig nett und würde gut zu Robert passen. Robert lächelte dann jedes Mal höflich und sagte, er werde es sich überlegen. In Wahrheit machte er sich recht wenig Gedanken über Karin. Er wusste nur, dass sie seit zwei Jahren geschieden war und einen kleinen Sohn hatte, einen richtigen Bengel, den sie einmal zu einem Sommerfest in die Firma mitgebracht hatte.

Im Büro hatte Robert Ablenkung. Dort konnte er vergessen. Vergessen, wie es war, wenn einem morgens jemand das Frühstück richtete, mit selbst gebackenen Brötchen und frisch gepresstem Orangensaft, mit Käse, Wurst und Eiern. Im Büro, zwischen all seinen Zahlen und Analysen und den Kollegen, konnte er Marianne vergessen.

Freitags kaufte Robert ein. Toastbrot, Erdbeerkonfitüre und Tiefkühl-pizza. Eine Pizza Salami für den Samstag und eine Pizza Thunfisch für den Sonntag. Unter der Woche nahm er sein Mittagessen in der Kantine der Firma ein, aber am Wochenende musste er sich selbst versorgen. Dann setzte er sich mit seiner Pizza vor den Fernseher und ließ sich berieseln, während er mechanisch Bissen um Bissen in den Mund schob, ohne richtig zu schmecken, was er da eigentlich aß. Jeden Mittwochabend ging Robert mit seinem Nachbarn Badminton spielen. Jeden Samstag putzte er seine Wohnung. Sonntags ging er joggen und später ins Kino.

An diesem Freitag war jedoch alles anders, denn Robert hatte eine Woche Urlaub vor sich. Diese Tage gehörten für ihn zu den schlimmsten des Jah-res. Nur sein Geburtstag und Weihnachten waren noch schlimmer. Und Mariannes Geburtstag. Dabei wusste Robert nie, was ihn mehr schreckte: die freien Tage daheim zu verbringen oder mutterseelenallein zu verreisen. An fremden Orten war die Einsamkeit oft besonders unerträglich. Robert sah all die glücklichen Paare und Familien um sich herum, er sah wun-derschöne Natur und kunstvolle historische Baudenkmäler und fühlte sich dabei verlorener denn je. Er verspürte das brennende Verlangen, all diese Eindrücke mit Marianne zu teilen, sich mit ihr zu freuen, mit ihr zu lachen. Doch Marianne war nicht da. Sie hörte ihm nicht zu, sie antwortete ihm nicht, sie schenkte ihm weder ihr zauberhaftes Lächeln noch hakte sie sich bei ihm unter und sagte mit ihrer warmen, fröhlichen Stimme:
»Nun, mein Süßer, wo wollen wir denn heute essen gehen? In diesem kleinen Restaurant unten am Markt, wo sie diese umwerfende Entenbrust in Orangensauce haben?«

Spätestens jetzt musste Robert sich zwingen, nicht die Augen zu schließen, weil er sonst alles wieder vor sich gesehen hätte: die Lavendelfelder in der Provence, die gewundenen, kleinen Gassen zwischen den alten Häusern, das Restaurant am Marktplatz mit den karierten Decken auf den Tischen, die im Schatten vor dem Haus standen, Marianne, die mit sichtlichem Genuss ihre Entenbrust verspeiste, und er, Robert, der voller Zärtlichkeit ihr von der Sonne gerötetes Gesicht betrachtete und im Augenblick vollkommenen Glücks einem Impuls folgend ihre Hand ergriff und fragte: »Marianne, möchtest du mich heiraten?«

Ihre selige Antwort, der Chef de Cuisine, der ihnen einen eisgekühlten Champagner brachte und mit ihnen anstieß, und ach, diese unfassbare Weite und Wärme in Roberts Herzen, als er Marianne küsste.

In dieser Woche würde Robert nicht verreisen, sondern zuhause bleiben. Er hatte nicht den Mut gefunden, eine Reise zu buchen. Daher kaufte er am Freitag, seinem letzten Arbeitstag, nicht nur eine Pizza Salami und eine Pizza Thunfisch, sondern jeweils zwei von jeder Sorte. Außerdem kamen noch eine Pizza Hawaii, eine Vier Jahreszeiten und eine Spinatpizza mit Feta dazu. Langsam schob Robert seinen Einkaufswagen durch die Gänge zum Brotregal, wo er zum ersten Mal an diesem Tag aus dem Tritt kam. Das Golden Buttertoast, das er immer kaufte, war aus. Nun hatte er die Wahl zwischen Vollkorntoast oder American Sandwich-Toast, dessen Scheiben sehr weiß und sehr groß waren. Robert zögerte. Unsicher griff er nach einer Packung Vollkorntoast, doch das sah wahnsinnig gesund aus. Robert legte die Packung zurück.

»Robert Krämer?«

Eine Frauenstimme, die von links kam, riss ihn aus seinen Überlegungen. Als Robert irritiert den Kopf drehte, sah er neben seinem Einkaufswagen einen anderen Wagen stehen und dahinter die blonde Karin aus der Buchhaltung.

»Hallo«, sagte Robert unsicher, weil ihm Karins Nachname nicht mehr einfiel. Karin musterte ausgiebig seine Einkäufe:

»Kriegen Sie Besuch?«, fragte sie.

»Warum?«

»Na, wegen all der Pizzen.«

Robert erfasste mit einem schnellen Blick das frische Gemüse in Karins Wagen, Tomaten, Auberginen, ein Bund Suppengrün, Zwiebeln, die neben Äpfeln, Eiern, Milch, Joghurt, Reis und Cornflakes lagen. Er schluckte. Robert stand hier mit nichts als sieben Kartons voller Tiefkühlpizza, von denen eine ekelhafter als die andere nach künstlichen Aromen und billigen Zutaten schmeckte. Dieses widerliche Fertigessen bildete die Eckpfeiler seines Urlaubs. Samstag Salami, Sonntag Thunfisch, Montag Spinat. Robert wusste nicht, was er sagen sollte. Noch einmal schluckte er und murmelte fast trotzig:

»Ich esse gerne Pizza«, bevor er seinen Wagen weiter schob, weg aus Karins Blickfeld.

»Ich wünsche Ihnen ein schönes Wochenende«, rief Karin ihm hinterher. Er drehte sich noch einmal um, und ihr freundliches Lächeln ermutigte ihn, zu sagen:

»Ich habe Urlaub.«

»Oh, wie schön. Dann genießen Sie Ihre freien Tage.« Karins Lächeln schien noch herzlicher zu werden. Robert spürte, wie sich etwas in ihm zusammenzog, wie ein heftiger Schmerz durch seine Brust zuckte, und er hastete ohne eine weitere Antwort davon.

Zuhause verstaute Robert die Pappkartons mit den Pizzen im Gefrierschrank. Dabei fiel ihm auf, dass er über Karins plötzlichem Erscheinen das Toastbrot vollkommen vergessen hatte. Er fühlte sich unendlich müde und erschöpft.

»Liebe geht durch den Magen«, hatte er einmal zu Marianne gesagt, nachdem er eine extragroße Portion Tiramisu verdrückt hatte. Marianne konnte die besten Süßspeisen zubereiten, die Robert jemals gegessen hatte. Während sie damals amüsiert zugesehen hatte, wie er die letzten Reste der Mascarpone-Creme von seiner Gabel leckte, sagte sie:

»Ich finde, das ganze Leben geht durch den Magen.«

Für solche Sätze hatte er sie noch mehr geliebt.

Das ganze Leben geht durch den Magen. Robert wusste nicht, warum ihm das jetzt auf einmal in den Sinn kam. Er wollte nicht länger darüber nachdenken, weil es ihm nicht gut tat, sich zu erinnern. Hastig schaltete er den Fernseher an und konzentrierte sich ganz darauf, den Einstieg in einen Krimi zu finden, der schon eine Weile lief.

Normalerweise bestand Robert Krämers Abendessen aus einem Schinkenbrötchen, das er sich auf dem Weg vom Büro in der Bahnhofsbäckerei kaufte und in der S-Bahn verzehrte. Zuhause aß er nichts mehr. Doch jetzt verspürte er plötzlich Hunger. Robert schüttelte erstaunt den Kopf und vertiefte sich mit noch mehr Konzentration in die Krimihandlung. Aber dann knurrte sein Magen so laut, dass selbst das Geplapper aus dem Fernseher nicht half, die Zeichen zu ignorieren. Verwundert ging Robert in die Küche und schaute sich ratlos um. Seine gesamten Essensvorräte beschränkten sich auf Pizza. Zögernd holte er eine Pizza Salami aus dem Gefrierschrank und schob sie in den Ofen. Er konnte sich nicht daran erinnern, jemals an einem Freitagabend eine Pizza Salami gegessen zu haben, selbst in seinem Urlaub nicht.

Als die Pizza fertig war, legte Robert sie auf einen Teller, teilte sie in Achtel und setzte sich zurück aufs Sofa vor den Fernseher, wo er den Teller auf den Knien balancierte. Wie immer schob er sich Stück um Stück in den Mund, ohne darauf zu achten, was er aß. Seine ganze Aufmerksamkeit galt dem Krimi im Fernsehen.

Doch dann geschah etwas Merkwürdiges. Robert schmeckte auf einmal die Pizza. Er schmeckte die fettige Salami, den billigen Käse, die viel zu salzige Tomatensoße. Er musste aufstoßen.

Plötzlich stieg ihm der würzige Duft einer luftgetrockneten Rindersalami in die Nase, die in der Vorratskammer von der Decke baumelte.

»Und bring bitte noch die Flasche mit dem Kräuteröl mit«, hörte er Marianne sagen.

Er nahm die Wurst vom Haken und die Flasche, in der in feinem Olivenöl Rosmarin- und Thymianzweige schwammen, aus dem Regal. Marianne goss das Öl über den grünen Salat und schnitt das Brot an. Er liebte den Duft dieses frisch gebackenen, noch warmen Brotes. Er liebte auch diese Stunden inniger Zweisamkeit, in denen sie aßen, redeten und Pläne schmiedeten.

»Zwei Kinder wären schön«, sagte Marianne.

»Drei wären noch schöner«, entgegnete Robert und schob ihr ein Stück reifen, kräftigen Pecorino in den Mund. Sie lachte voller Glück.

»Ich liebe dich.«

»Ich liebe dich auch.«

In den Duft des Brotes mischte sich der Duft ihres Haares, als er sein Gesicht darin vergrub.

Er hatte die Pizza aufgegessen. Aber Robert war immer noch nicht satt. Einen derartigen Hunger hatte er seit Jahren nicht mehr verspürt. Er ging in die Küche und schob eine Pizza Thunfisch in den Ofen.

Sie waren im Schwarzwald bei Mariannes Eltern. Es gab gegrillte Forellen, frisch gefangen im Bach, der durch den kleinen Ort floss. Robert hatte sie mit seinem Schwiegervater selbst geangelt. Er hatte keine Ahnung vom Angeln und wäre beinah in den Bach gefallen. Marianne lachte über seine Geschichten, während sie mit ihrer Mutter die Forellen in Alufolie wickelte und in den Backofen schob. Er lehnte an der

Küchentür, schaute ihr zu und fühlte sich so geborgen wie selten zuvor in seinem Leben.

Robert schmerzte der Magen. Er wusste nicht mehr, ob das davon kam, dass er zu viel oder zu wenig gegessen hatte. Er wollte nur diese grauenvolle Leere loswerden. Also aß er weiter. Pizza Hawaii stand nun auf dem Programm.

»Es gibt heute was Indisches.«

Marianne häufte ihm Basmatireis auf den Teller und gab Spinat mit Ananas und Nüssen darüber. Sie sah blass aus und müde. Als sie ihren Teller erst halb leer gegessen hatte, hörte sie auf.

»Mir ist irgendwie nicht gut«, sagte sie und legte sich bald darauf ins Bett.

Die Übelkeit nahm in den nächsten Tagen zu. Marianne ging zum Arzt. Robert vermutete, dass sie schwanger sei, und eine unbändige Freude erfüllte ihn. Doch als Marianne vom Arzt zurückkehrte, verwandelte sich die Freude in Ratlosigkeit und Sorge.

Robert würgte. Die Ananas auf der Pizza Hawaii war trocken und holzig. Der Schinken schmeckte wie Schuhsohle. Robert ließ die halbe Pizza liegen. Vielleicht würde es mit den Vier Jahreszeiten besser werden. Auf dieser Pizza war jedes Viertel anders belegt. Noch einmal gab es Salami und Thunfisch, dazu kamen Spinat und Champignons. Robert stopfte sich die Jahreszeiten durcheinander in den Mund. Auf einen Bissen Spinat folgte ein Happen Thunfisch.

Damals war auch alles durcheinander geraten. In jeder Jahreszeit war etwas Neues passiert. Im Sommer kam endlich die richtige Diagnose, spät, aber nicht zu spät, wie die Ärzte versicherten, im Herbst schlug die Chemotherapie an und es gab Besserung und Hoffnung, der Winter war grauenvoll, kalt, düster, beängstigend. Und im Frühling, als alle Welt wieder zu neuem Leben erwachte, war Marianne ausgelaugt und kraftlos.

Sie starb an einem Tag im April, an dem es sommerlich warm war und die Menschen in den Straßencafés und Biergärten die Sonne genossen. Robert hingegen hatte Mariannes Hand gehalten, die langsam immer kälter wurde. Irgendwann hatte die Kälte auch von ihm Besitz ergriffen, von seinen Händen, seinen Füßen, seinem Herzen.

In Roberts Innerem geriet alles durcheinander. Salami und Champignons schienen sich nicht zu vertragen, die holzige Ananas rieb an seinen Eingeweiden, der Gummikäse und der Schuhsohlenschinken bereiteten ihm Übelkeit. Er war nicht mehr hungrig, aber auch nicht satt. Er fühlte sich nur noch krank. Am liebsten wollte er sterben, so wie Marianne. Einfach nicht mehr sein. Fort. Weg. Ruhe haben. Marianne, ja, die hatte jetzt ihre Ruhe, die hatte sich einfach davon gemacht und ihn ihm Stich gelassen, nur ein knappes Jahr nach ihrer Hochzeit.

Zorn über diese schreiende Ungerechtigkeit wallte in Robert auf und brach zusammen mit Pizzateig, Salami und Champignons vulkanartig aus ihm hervor. Er würgte und würgte, bis er erschöpft und vollkommen leer auf dem Boden des Badezimmers zusammensackte. Anschließend kroch Robert in sein Bett und versank in einen tiefen, traumlosen Schlaf.

Am Dienstag fuhr Robert wieder einkaufen. Seine Vorräte waren außerplanmäßig aufgebraucht. Aus alter Gewohnheit schob er im Supermarkt seinen Einkaufswagen zur Tiefkühltruhe und griff nach einer Pizza Salami.

»Sie wollen mir doch nicht erzählen, dass Sie Ihre ganzen Pizzen schon aufgegessen haben.«

Robert zuckte zusammen, als er die Stimme der blonden Karin in seinem Nacken vernahm. Er drehte sich um und blickte direkt in Karins amüsiertes Gesicht. Verlegen sah Robert auf den Pappkarton, den er in seiner Hand hielt. Er fühlte sich wie ertappt. Seit vier Jahren kaufte Robert

Woche für Woche Tiefkühlpizza, aber nun empfand er plötzlich so etwas wie Scham darüber.

»Ich weiß ehrlich gesagt nicht, was ich sonst essen soll«, sagte er und merkte selber, wie eigenartig das klang.

Es trat eine Pause ein, in der die Kälte der Pizza in Roberts Finger kroch und Karin ihn nachdenklich musterte, bis er den Blick peinlich berührt abwandte.

»Kochen Sie denn nie selbst?«, fragte Karin schließlich.

Er schüttelte stumm den Kopf. Nach einer weiteren Pause sagte er: »Das hat meine Frau früher immer gemacht.«

Der Boden unter ihm schien zu schwanken und er umklammerte, nach Halt suchend, den Pappkarton, in dem die Pizza schon etwas weich zu werden begann.

»Und die ist jetzt nicht mehr da?« Karin sprach die Worte behutsam aus, aber sie trafen ihn doch wie ein Keulenschlag. Sie war noch nicht lange genug in der Firma, um seine Tragödie mitbekommen zu haben.

»Nein. Sie ist gestorben.«

Er sah die Bestürzung in Karins Gesicht, das Mitleid, das immer alle zeigten und das er nicht mehr ertragen konnte. Abrupt drehte er sich weg und legte die Pizza in seinen Einkaufswagen. Jetzt würde Karin gleich Beileidsbekundungen von sich geben und sagen, dass sie wisse, wie schwer es sei, alleine zu sein. Und dann würde er gehen und hoffen, ihr so schnell nicht wieder begegnen zu müssen.

Doch sie fragte zu seiner großen Überraschung:

»Was ist denn Ihr Lieblingsessen? Von Pizza mal abgesehen.«

Robert schüttelte irritiert den Kopf. Entenbrust in Orangensauce und als Nachtisch hausgemachtes Tiramisu, schoss ihm durch den Kopf. Aber er schwieg.

»Wissen Sie was?« Karin schaute nun nicht mehr mitleidig, sondern hatte wieder dieses fröhliche Blitzen in ihren Augen. »Bei uns gibt es heute

Spaghetti Bolognese. Das ist das Lieblingsessen meines Sohnes. Vielleicht mögen Sie uns ja Gesellschaft leisten.«

Spaghetti Bolognese. Mit gehacktem Lammfleisch. Und frischen Kräutern und Karotten. Und geriebenem Parmesan. Marianne hatte dieses Essen geliebt. Robert wusste nicht, ob Karin eine gute Köchin war. Auf jeden Fall würde ihre Bolognese anders schmecken als Mariannes. Sie würde sicher kein Lamm nehmen, sondern Schwein oder Rind. Und vielleicht gab es keine frischen Kräuter in ihrer Soße. Und er wäre darüber enttäuscht.

Doch dann dachte Robert an seine Orgie vom vergangenen Freitag. Nichts konnte schlechter schmecken als eine pappige Pizza Salami, die hauptsächlich aus Konservierungsmitteln und Geschmacksverstärkern bestand. Das ganze Leben geht durch den Magen, hörte er Marianne sagen, und er sah Karin an, der eine blonde Strähne in das hübsche Gesicht fiel, und für die gerade die Zeit stillzustehen schien. Robert legte lächelnd die Pizza Salami in die Kühltruhe zurück.

»Ehrlich gesagt hasse ich Pizza«, sagte er zu Karin.

Labskaus

Elke Rathsfeld

»Heute ist unser letzter Tag«, murmelt Regine vor sich hin, als sie mit Hartmut vom Ferienhäuschen zum »Klabautermann« geht. In zwei Wochen Urlaub haben sie hier neunmal zu Abend gegessen. Hartmut meinte, hier gäbe es einfach den besten Fisch am Ort.

»Nein. Heute ist unser letzter Ferientag«, korrigiert Hartmut sie und er schwankt ein bisschen, denn während seines Telefonats mit dem Schwiegervater hat er schon den einen oder anderen Drink zu viel zu sich genommen. Regine rollt mit den Augen. »Wir sind verdammt spät dran, hoffentlich kriegen wir überhaupt noch einen Tisch.«

»Heute essen wir aber endlich Labskaus«, sagt Hartmut und lacht, denn das haben sie sich schon vom ersten Tag an vorgenommen, seit sie an der Ostsee angekommen waren. Jeden Tag hat er unbedingt Labskaus essen wollen, sich dann aber doch für Scholle, Dorade, Wels, Krabben, Heringe und auch für Lachs entschieden. Regine findet, man könne Lachs auch zu Hause essen, aber letztlich weiß sie auch nicht genau, welche der Fische, die sie in den letzten zwei Wochen gegessen haben, wirklich aus der Ostsee stammen.

Als sie um die Ecke biegen und vor dem »Klabautermann« stehen, winkt ihnen ihr Stammkellner bereits zu. Er hat sie schon erwartet, schließlich sei doch heute ihr letzter Tag, meint er und zeigt sich erstaunt darüber, wie spät sie dran sind. Hartmut erläutert ihm in seiner langatmigen Weise den Grund: »Wir haben uns entschlossen, hier eine kleine Ferienwohnung zu kaufen, mit Seeblick und Vermietungsmöglichkeit. Die Preise sind ja gerade noch so akzeptabel und die Zinsen so günstig wie nie. Wissen Sie, mein Schwiegervater ist Anlageberater und natürlich verwaltet er unser Geld, und ich denke, wir kriegen das hin.« Hartmut zwinkert dem bereitstehenden Kellner, der bereits mit den Speisekarten wedelt, zu. »Wenn das klappt, werden wir uns häufiger ins schöne Timmendorf bewegen und bei Ihnen einfallen. Ha! Das wär was. Man fühlt sich einfach sofort wohl hier und gerade die Strände haben ...«

Regine fällt ihm ins Wort und bestellt sich ein Glas Grauburgunder. Der Kellner atmet erleichtert auf und fragt Hartmut nach seinen Wünschen, der sogleich einen Campari Orange und zweimal Labskaus bestellt.

»Wie kann man nur Campari Orange zu Labskaus trinken«, zischelt Regine und Hartmut verzieht das Gesicht. »Sag mal, hast du denn nur an mir herumzukritisieren? Bis der Labskaus kommt, habe ich den Campari längst heruntergespült und werde mir ganz brav ein Bier bestellen«, schimpft Hartmut.

Regine findet nicht, dass sie nur an Hartmut herumkritisiert und verwehrt sich dagegen. Hartmut erinnert sie daran, dass sie bereits bei seinem, zugegebenermaßen etwas längeren, Gespräch mit dem Schwiegervater unleidlich geschaut habe.

»Wir kaufen die Ferienwohnung doch auch für dich! Anstatt dich zu freuen, dass ich die Dinge vorantreibe und gleich deinen Vater einbinde, damit alles zügig klappt, meckerst du nur an mir herum.«

»Ich hatte mir einfach nur einen schönen Abend gewünscht, und du hättest genauso gut morgen oder übermorgen mit ihm stundenlang telefonieren können. Ich habe Hunger!«

»Sag ich doch. Nichts kann man dir recht machen und immer mäkelst du an mir herum.«

Regine schaut aus dem Fenster, klammert sich mit den Augen an den tiefroten Sonnenuntergang. Labskaus. Sie weiß überhaupt nicht, ob sie Labskaus essen will.

»Matrosenfraß für Seefahrer mit Skorbut und ohne Zähne«, flüstert sie, als der Kellner mit dem Essen kommt.

»Regine!!!!«

»Na, ist doch wahr, wer weiß, was da alles drin ist? Ich hab' mal gelesen, dass man da auch minderwertiges Fleisch rein tut, und überhaupt, schau mal, wie das aussieht.«

Hartmut findet, dass der Labskaus phantastisch aussähe, Regine fragt sich, ob es nicht *das* Labskaus heißen müsse, und beißt herzhaft in die beigelegte Gurke.

»Wie kann man bloß Rindfleisch mit Roten Beeten, Matjes und Zwiebeln durch den Fleischwolf drehen und die ganze Pampe dann auch noch mit Kartoffelbrei verrühren?«, fragt sich Regine halblaut während Hartmut bereits wieder zu dem Thema Ferienwohnung übergegangen ist. Er doziert über zu erzielende Vermietungspreise, steuerlich geltend zu machende Ausgaben für die Ferienwohnung, über Wertsteigerung und Immobilienblasen.

Regine stochert im Labskaus und schneidet sich ein Stück von der beigelegten Rolle aus Matjes ab. »Ich bin genauso sauer wie du«, denkt sie und schaut beim Kauen auf den restlichen Matjes.

»Wir werden auf gar keinen Fall selbst vermieten, sondern alles einer Agentur geben. Die behalten dann einen Teil der Miete, sorgen auch für die Endreinigung, und wir haben keine Arbeit damit«, meint Hartmut.

»Ach … das hast du also bereits auch schon entschieden«, mault Regine. »Ich weiß nicht, warum du immer so dominant sein musst. Es sollte doch *unsere* Ferienwohnung werden. Da werde ich doch wohl mitreden dürfen.«

Hartmut schiebt sich eine übervolle Gabel Labskaus in den Mund und schüttelt den Kopf. »Wer hat denn gesagt, dass du nicht mitreden sollst? Du nörgelst ja nur über mich, das Telefonat, den Labskaus. Was soll ich denn sonst noch tun, um es dir recht zu machen.«

»War das eine Frage? Nein, sicher nicht. Du weißt ja immer alles und vor allem immer alles besser«, schießt Regine zurück und stochert in dem Spiegelei, das über der Labskausmasse liegt.

Hartmut meint, er lasse sich die Laune von ihr nicht verderben und zählt ihre weiteren Verfehlungen der letzten Wochen auf.

Regine nimmt sich das letzte Stück Gurke und kaut genüsslich auf dem süßsauren knackigen Ding herum. »Konserviert«, denkt sie. »Liebe kann man nicht einfach so konservieren wie grüne Gurken.« Während sie das Spiegelei vertilgt, denkt sie an ihre ersten gemeinsamen Nächte. Die waren so frisch, zart und cremig wie der gelbe Dotter auf ihrem Spiegelei.

Zwischenzeitlich ist Hartmut mit der Frage beschäftigt, wieso eigentlich ausgerechnet ihm ständig Menschen begegnen, die meinen, alles Mögliche an ihm zu kritisieren, und er beklagt sich über seinen Chef, die Kollegen, die Nachbarn und seinen Fußballtrainer.

Regine findet, das Labskaus sähe aus wie Erbrochenes.

»Nach sieben Jahren mit dir fühle ich mich so, wie das hier aussieht: total ausgekotzt«, denkt sie und sagt zu Hartmut: »Das ist unser letzter Tag!«

Gemüseeintopf

Katharina Burkhardt

Sie müssen eine schwierige Aufgabe bewältigen, sagen wir eine Examensprüfung. Sie haben wochenlang gelernt, doch je näher der Prüfungstermin rückt, desto unruhiger werden Sie. In Ihrem Inneren melden sich Zweifel, ob Sie genug gelernt und alles richtig verstanden haben. Sie stellen sich vor, wie Sie vor den Prüfern sitzen und in Ihrem Hirn totale Leere herrscht. Ihr Magen krampft sich zusammen, Ihnen wird kalt, und eine nervöse Anspannung ergreift Ihren ganzen Körper. Sie lässt Ihre Muskeln steif werden, bereitet Ihnen schlaflose Nächte und verursacht einen Würgereiz beim Essen. Sie kriegen einfach nichts runter, so sehr Sie sich auch bemühen.

Voller Bauch studiert nicht gern, sagt der Volksmund. Doch eine Nulldiät können Sie sich jetzt auch auf keinen Fall leisten. Sie brauchen Energie, um fit für die Prüfung zu sein. Es müssen Vitamine, Mineralien und Ballaststoffe her, damit Ihr Denkapparat in Bewegung bleibt. Da hilft nur eins: Bereiten Sie sich appetitanregende Mahlzeiten zu, die leicht bis in Ihren zusammengekrampften Magen rutschen können. Am besten eignen sich dazu Suppen und Eintöpfe aller Art.

Ein kräftig gewürztes Süppchen mit Fadennudeln weckt ganz ohne Anstrengung Ihre Lebensgeister. Frisch gehackte Petersilie oben drauf verbreitet Optimismus und gute Laune.

Für etwas mehr Substanz sorgt ein bunter Gemüseeintopf. Beim Kleinschneiden von Auberginen, Paprika, Stangensellerie und Tomaten können Sie Ihren Lernstoff im Geiste noch einmal durchgehen. Eine gehackte Zwiebel lässt Ihren Tränen freien Lauf und spült allen Kummer mit fort. Sie werden sehen – nach der bestandenen Prüfung wird es höchstens Freudentränen geben.

Die Zwiebel wird in heißem Öl gedünstet, bis sie glasig ist. Dann kommt nach und nach das restliche Gemüse hinzu und wird kräftig mit angebraten. Mit den Auberginen geben Sie eine große Prise Selbstvertrauen in den Topf hinein. Den Paprikaschoten folgen Gelassenheit und Zuversicht. Bestreuen Sie den Stangensellerie mit feinem Wissen, damit er schön knackig bleibt, und verteilen Sie mit den klein geschnittenen Tomaten pfundweise Konzentration in dem bunten Eintopf.

Während das Gemüse vor sich hin köchelt, ziehen Sie die wichtigsten Fakten aus Ihrem Lernstoff und erstellen daraus eine geistvolle Essenz, mit der Sie den fertigen Eintopf fein abschmecken. Sollten Sie fürchten, bei so viel geistiger Nahrung abzuheben, so können Sie der Suppe ganz nach Ihrem Geschmack klein geschnittenes Fleisch hinzufügen. Das sorgt dann wieder für die nötige Bodenhaftung. In diesem Sinne werden Sie auf einer sehr soliden Grundlage erfolgreich durch Ihre Prüfung kommen und jedes Gefühl von Angst einfach im Suppentopf ertränken.

Pesto
Natürlich kann man Schmetterlinge nicht essen.

Elke Rathsfeld

So ist es nun mal, und eigentlich ist es gut so, denn man sollte Tiere, die so außerordentlich kurz leben, nicht auch noch verspeisen und ihnen diesen kurzen Höhepunkt durch Garen, Kochen, Braten verderben. Diese filigranen Schönheiten bereiten sich jahrelang auf ihren flatterhaften Moment vor, und ihr Leben ist nach unseren Maßstäben so kurz, dass wir sie nicht einmal zur Zierde einer Seiltänzerin trainieren können, denn auch nur diesen einen Sommer überleben sie nicht.

Sollten Sie, liebe Leserin, lieber Leser, das einzigartige Glück haben, Bestandteil einer Sommerliebe zu sein, vergeuden Sie nicht die kurze Zeit mit unnötigen Kochereien. Sommerlieben sind eventuell sehr kurz, je nach Wetterbericht und Gefühl, und wer will schon diesen einzigartigen Moment, in dem die Luft und die Zeit flirren und glitzern, mit unnötigem Herumstehen in der Küche verderben? Manchmal kann Zeit so schnell vergehen wie ein Schmetterlingsleben und wie eine Sommerliebe.

Darum muss die Sommerliebe schnell verköstlicht werden, und Schmetterlinge sollen im geliebten Du-Bauch flattern.

Der Ehrlichkeit halber wirft man einfach frisches Basilikum in den Mörser, und je nach Leidenschaftszustand zerstampft man es hart und schnell oder weich und langsam. Leichter wird es mit etwas olivenöligem Gleitmittel, und anschließend wiederholt man dies mit den Pinienkernen, die keck und fast jungfräulich weiß äußerlich hart tun und eigentlich ganz zarte Dinger sind.

Das ölige Basilikum vermischt man mit den jungen Pinienjungfern, kippt noch etwas mehr Öl hinzu, sodass sie herrlich miteinander verschmelzen können. Natürlich gilt es jetzt noch, die Verbindung aus geriebenem und gestampftem Pecorino und Parmesan herzustellen und dieser bisherigen Liebelei hinzuzufügen. Diese ölig würzige Symbiose kann man auch gut in der Vorbereitung zu den nahenden Schmetterlingsküssen herstellen. Wenn man schon eine Vorahnung auf den Sommer hat, kann man die Zutaten bereits im Frühsommer vereinen. Das Öl hält die Sache frisch, während sich die Sommerliebe entpuppt.

Am Tag der Verpuppung wirft man Farfalle ins leidenschaftlich kochende Wasser. Farfalle sind Nudeln mit Schmetterlingsflügeln, und zugegeben, dies ist ein Bruch, denn man soll ja Schmetterlinge nicht kochen. Aber eben jene Farfalle sind noch hart und ungenießbar und müssen weich gekocht werden, natürlich mit etwas Biss. Erst im geliebten Du-Bauch entpuppen sie ihre wahre Schönheit, nachdem sie diese ölige, würzige und pikante Salsa durch den Mund gezüngelt haben.

Wie gesagt, Sommerlieben sind kurz und würzig. Genießt man sie zu lang, werden sie vergorene Beziehungen oder verkochte Chancen, angekokelte Bindungen.

Darum ist es wichtig, mit einem guten Glas Pesto und einer Gelegenheitspackung Farfalle vorbereitet zu sein. Bis die Farfalle gut sind – also nach ca. 8 Minuten –, sind bereits heftige Küsse, jungfräuliche Blicke und vorsichtige Handreichungen getan. Das vorgefertigte Pesto, mit einem Löffel kochender und pochender Sehnsucht verfeinert und auf die Farfalle aufgetragen, gibt beim Essen den zarten Geschmack auf das Danach.

Reissalat

Katharina Burkhardt

Ich hatte Helmut durch eine Kontaktanzeige kennengelernt. Wir waren beide auf der Suche nach einem leidenschaftlichen Abenteuer, nach sinnlichen Experimenten und lustvollem Genuss. Es ging nicht um die große Liebe und auch nicht darum, Alltag miteinander zu teilen. Wir trafen uns aus purem Vergnügen, ohne über ein Davor und Danach nachzudenken.

Bald schon entwickelten wir ein Ritual. Wir verabredeten uns einmal in der Woche in Helmuts Wohnung. Ich nahm diese Termine wahr wie einen Besuch beim Physiotherapeuten: ohne tiefere Gefühle, aber in der freudigen Erwartung auf eine schöne Behandlung, nach der ich mich entspannt und gut fühlen würde. Wir begannen den Abend stets mit einem Glas Prosecco und einem Essen in der Küche. Helmut war ein ausgezeichneter Koch, und während wir indisches Curry, italienische Pasta oder mexikanische Tortillas aßen, tranken wir Wein, der mich stets in einen leichten Schwebezustand beförderte. Ich war oft schon nach dem ersten Glas beschwipst und fragte mich gelegentlich, ob Helmut etwas in den Wein mischte, um mich schon vorab in einen tiefen Entspannungszustand zu versetzen. Da ich nicht allzu viel Persönliches von mir preisgeben wollte und es mir schwerfiel, nur über Belanglosigkeiten zu plappern, sprachen wir wenig beim Essen. In schweigsamer Übereinstimmung bereiteten wir uns still auf den nächsten Gang vor.

Der begann stets mit einem Umzug ins Wohnzimmer. Ich fühlte mich angenehm satt, ein wenig müde vom Wein, gleichzeitig aber sehr gelöst und in hungriger Erwartung auf den Nachtisch. Ich erteilte Helmut nun eine offizielle Einladung für den restlichen Abend, indem ich sagte:

»Ich möchte, dass du mich jetzt nach deinen Wünschen verführst.«

Ich wählte jedes Mal einen anderen Satz, aber er bedeutete immer dasselbe: Nimm mich, verführ mich, mach alles, was du willst, solange es auch mir Spaß macht.

Damit begann unser Spiel.

An diesem Abend war es anders. Helmut sagte:

»Ich möchte, dass du mir deine Einwilligung heute bereits nach der Vorspeise erteilst.«

Ich war gespannt, was Helmut sich ausgedacht hatte. Es gefiel mir, dass er mich ständig mit neuen Ideen überraschte.

Die Vorspeise bestand aus einem Reissalat, den Helmut in einer halbierten und ausgehöhlten Papaya anrichtete. Der mit Papayastückchen und klein geschnittenen Datteln vermischte Reis war, eingebettet in die orange Fruchthöhle und ihren dunkelgrünen Mantel, eine Augenweide. Die Speise schmeckte leicht, frisch und sehr köstlich. Nach dem Essen hob ich mein Weinglas, lächelte Helmut kokett an und sagte:

»Ich stehe dir zur Verfügung.«

Daraufhin gingen wir ins Wohnzimmer, wo Helmut mir die Augen verband. Ich stutzte und versuchte mich an meine neue Situation zu gewöhnen. Es war nicht das erste Mal, dass ich mich »blind« von Helmut durch den Abend führen ließ, doch ich war immer wieder neu überrascht, wie sehr sich meine Wahrnehmung veränderte, wenn ich meine Augen nicht benutzen konnte. Sobald Helmut mich ein bisschen hin- und herschob, hatte ich Mühe, mich zu orientieren, wusste nicht mehr, in welchem Teil des Raumes ich stand, reagierte aber gleichzeitig hochsensibel auf jedes Geräusch und jede Berührung, die ich mit meinem Körper aufnahm.

Jetzt stand ich ganz ruhig da, verließ die Außenwelt immer mehr und lauschte tief in mein Inneres hinein, in dem ich eine Mischung aus Anspannung, Neugier und lustvoller Erregung wahrnahm. Helmut entkleidete mich langsam und streichelte mich am ganzen Körper. Seine Hände schienen überall gleichzeitig zu sein, ich fühlte seine Nähe, seine Lippen auf meiner Haut, seine Wärme. Hauchfein legte sich etwas wie Staub auf meinen nackten Oberkörper. Ich atmete plötzlich einen intensiven Geruch ein – wie Seife. Helmuts Haare kitzelten mich, und eine zarte, weiche Berührung ließ mich vermuten, dass er etwas von meinem Bauch ableckte. Also hatte er wohl doch keine Seifenflocken auf mir verteilt. Aber was war das dann? Die Verwirrung meiner Sinne nahm von Minute zu Minute zu.

Helmut führte mich aus dem Wohnzimmer hinaus, aber wir gingen nicht, wie ich erwartete, ins Schlafzimmer, sondern zurück in die Küche. So weit reichte mein Orientierungssinn noch. Aha, dachte ich, das wird also ein kulinarischer Abend mit verbundenen Augen. Ich hatte Helmut erzählt, dass ich mal ein Restaurant besucht hatte, in dem es stockdunkel war und man von Blinden bedient wurde. Das war eine ganz unglaubliche Erfahrung, denn auf einmal waren Sinne gefordert, die man als sehender Mensch häufig vernachlässigt. Offenbar hatte dieser Bericht Helmut inspiriert. Doch er setzte mich nicht auf einen Stuhl, sondern hob mich zu meiner Überraschung auf den Küchentisch hinauf. Er band meine Hände und Füße fest, und während ich mich an meine neue Lage zu gewöhnen versuchte, konnte ich mir ein Grinsen nicht verkneifen. Es musste doch total albern aussehen, wie ich da, verschnürt wie ein Rollbraten, auf dem Tisch lag.

Das Lachen verging mir allerdings gleich wieder, denn der Tisch fühlte sich nicht nur sehr hart und unbequem unter meinem Rücken an, ich spürte auch lauter ungewohnte Berührungen auf meiner Haut. Da war etwas Weiches, Kühles, und dann etwas Kratziges. Bevor ich herausfinden konnte, was das war, steckte Helmut mir plötzlich etwas in den Mund. Dieses Etwas war fest, klebrig und es hatte einen kräftigen, muffigen Geschmack, den ich nicht mochte. Vermutlich war das eine getrocknete Frucht, möglicherweise eine Feige, aber so genau konnte ich das nicht herausfinden. Ich mag doch gar kein Trockenobst, wollte ich schon sagen, als Helmuts Stimme dicht an meinem Ohr erklang:

»Der Reissalat war die Vorspeise. Der Hauptgang bist nun du.«

Und diesen Gang sollte ich so schnell nicht vergessen. Er war eine sinnliche Erfahrung der ganz besonderen Art. Helmut bedeckte meinen Körper mit den unterschiedlichsten Dingen, die wohl alle essbar waren, wie ich seinen Worten entnahm. Manches fühlte sich sehr kalt an und verursachte mir eine Gänsehaut. Anderes war weich und machte glitschige Geräusche. Flüssigkeiten rannen an mir herab, Festes ruhte auf meinem Bauch, glitt von meinen Brüsten herab oder kullerte zwischen meine Beine. Ich legte alle Konzentration in meinen Tast- und Geruchssinn, um herauszufinden, was Helmut gerade machte. Er goss eine warme Flüssigkeit auf meine Arme, verrieb Klebrigkeiten in meinem Gesicht, leckte etwas ab, schob mir anderes ganz unvermittelt in den Mund – ein Stück Papayafleisch (das erkannte ich leicht, weil die Erinnerung an den Reissalat noch sehr gegenwärtig war), getrocknete Früchte, deren Namen mir nicht einfallen wollten, Kerne, die von einem dünnen Fruchtfleisch umhüllt waren, das nach süßen Johannisbeeren schmeckte, eine widerliche, säuerliche Pampe. Ich roch, spürte, schluckte, schmeckte, verzog angewidert das Gesicht, als ich plötzlich eine Zitronenscheibe zwischen den Lippen fühlte, und verschluckte mich fast an einem dicken Klecks Schokoladensoße. Statt mit meinen Augen vorauszuschauen und bereits vorab zu wissen, was ich gleich schmecken würde, lauschte ich ange-strengt auf das kleinste Geräusch und verband mit jedem noch so zarten Geruch ganze Bilderketten in meinem Kopf. Meine Sinne arbeiteten auf Hochtouren, um das Fehlen meiner Augen auszugleichen, und ich zitterte vor innerer Anspannung.

Während Helmut sich anfangs nur mit den oberen Regionen meines Körpers beschäftigt hatte, wanderte er nun immer weiter nach unten. Plötzlich war da eine eiskalte Berührung zwischen meinen Beinen, die durch die zartesten Hautfältchen drang, tief in mein Inneres kroch und mir einen Schauer durch den ganzen Körper jagte. Eiswürfel? Gekühltes Fruchtfleisch? Ich konnte es nicht herausfinden. Aber dann war da auf einmal ein weicher Druck, dem warme Finger folgten, und die Kälte löste sich auf und zerrann zwischen meinen Beinen. Meine Anspannung ließ unter den zärtlichen Berührungen nach und verwandelte sich allmählich in lustvolle Erregung. Ich genoss dieses zarte Streicheln, das ganz vertraut und doch so anders war, und gab mich ihm hin, während ich mit meiner Zunge Reste eines süßen Schaums von meinen Lippen leckte und den Tisch schmerzhaft unter meinem Rücken spürte.

Als es vorbei war und Helmut mir die Augenbinde und Fesseln abgenom-men hatte, hockte ich noch eine ganze Weile benommen und reglos auf dem Küchentisch. Ich war vollkommen erschöpft von diesen überwälti-genden, ungewohnten Sinneseindrücken und staunte, als Helmut mir all die Speisen zeigte, die er auf mir wie auf einem Buffet ausgebreitet hatte. Einiges hatte ich erspürt und geschmeckt, bei anderem hatte mich mein Geschmackssinn vollkommen im Stich gelassen. Die süßen Johannisbee-ren entpuppten sich als Granatapfelkerne, ich hatte frische Datteln und getrocknete Rosinen gegessen, mich vor Joghurt geekelt und Pudding für Soße gehalten. Ich hatte die behaarte Schale einer Kiwi als unangenehm auf meiner Haut empfunden, Eiswürfel und Honig zwischen meinen Beinen empfangen und mich lustvoll der Berührung einer geschälten Banane hingegeben.

Helmut, dem Erdbeersaft über das Gesicht rann und Schlagsahne in den Haaren klebte, half mir vom Tisch herunter. Wir gingen Arm in Arm ins Badezimmer, wo wir unter der Dusche Zucker und Lust voneinander abwuschen. Während ich mich unter dem warmen Wasser wohlig entspannte, freute ich mich schon jetzt auf den nächsten kulinarischen Abend mit Helmut. Doch obwohl wir noch einige sehr aufregende Augenblicke miteinander teilten, blieb dieses außergewöhnliche Mahl für mich der unvergessene Höhepunkt unserer lustvollen Zusammenkünfte.

Himbeerschnitten

Katharina Burkhardt

Eine besondere Köstlichkeit für frisch Verliebte sind Himbeerschnitten. Ein leichter Biskuitteig sorgt dafür, dass die Törtchen nicht zu schwer im Magen liegen und man nichts einbüßt von dem schwebenden Gefühl großer Verliebtheit. Eine hauchdünne Puddingschicht zwischen Teig und Früchten verleiht der kleinen Köstlichkeit Substanz, sodass niemand nur von Liebe, Luft und Himbeeren leben muss.

Die Himbeeren zeigen in ihrer leuchtend roten Farbe aller Welt, wie junge Liebe aussieht: zart, frisch, süß, vollkommen, aber auch sehr fragil. Die kleinen Beeren zermatschen nicht nur leicht, sie schimmeln auch schnell, sobald sie von den Sträuchern gepflückt wurden. Daher empfiehlt sich ein rascher Verzehr, am besten pur mit frischer Sahne, oder eben auf einem sommerlichen Obstkuchen.

Die frischen Himbeeren werden in ein Gelee eingebettet, das sie fest miteinander verbindet und der Liebe zusätzlich eine gewisse Standhaftigkeit verleiht. Das anschließende Sättigungsgefühl hält oft nur ein paar Tage oder Wochen, manchmal aber auch ein Leben lang an.

Doch Vorsicht! Das Fruchtgelee erhält seine Festigkeit durch eine große Menge Gelatine, die alles Weiche, Fließende zum Stocken bringt. Wenn Sie also möchten, dass Ihre Liebe lange beweglich bleibt, sollten Sie die Himbeerschnitten mit Bedacht genießen. Sie laufen sonst Gefahr, dass Ihr Glück in steifem Glibber erstickt und das leuchtende Rot auf dem Kuchenbelag nicht von den Himbeeren, sondern Ihrem Herzblut stammt.

Brause

Elke Rathsfeld

Liebes Kind,

heute wirst Du 18, volljährig nennt man das. Dabei sollst Du viele volle Jahre, gut angefüllt mit Leben und Lust und Farbe, erst noch vor Dir haben.

Und wie jedes Jahr, so schreibe ich Dir auch heute einen Geburtstagsbrief, mit dem ich Dich in ein weiteres Lebensgeheimnis einweihe.

Ich weiß, Du wirst wieder mit Deinen Äuglein rollen und schnaubend »Mamaaa« sagen. Aber wenn Du Dich unbeobachtet fühlst, liest Du diesen Brief doch. So wie all die letzten Jahre, seitdem man Dir das Lesen beigebracht hat. Oft habe ich Dich heimlich beobachtet, wenn Du meinen geburtstäglichen Geheimbrief unter Deinem Bett hervorgezogen und ihn rasch und manchmal atemlos gelesen hast.

Und dann wirst Du mich irgendwann aus der Luft heraus mal heftig drücken. Über so viele Dinge habe ich zu Deinen letzten zehn Geburtstagen geschrieben. Über die Liebe habe ich mich ausgelassen, und als Du unser Chamäleon begraben hast, da schrieb ich über den Tod, und dann, wenige Wochen nach diesem Brief, starb Deine Freundin bei einem Skiunfall und wir sangen zusammen das Winterlied der Roma. Einmal habe ich Dir einen Geburtstagsbrief über das Lachen geschrieben und einen über Seiltanz.

Nun, zu Deinem 18. kann ich nicht anders, als Dich in die Geheimnisse der Brause einzuweihen. Es ist ein Thema, für das man schon einer gewisse Reife und Verständigkeit bedarf, und vielleicht hätte ich das Brausegeheim-

nis für Deinen 21. Geburtstag aufheben sollen. Das Leuchten in Deinen rehbraunen Augen aber zeigt mir, dass nun die Zeit reif für dieses große Thema ist.

Ganz früher, so vor etwa achtzig Jahren, gab es nur zwei Geschmacksrichtungen, so wie es angeblich nur Gut und Böse, nur Schwarz und Weiß, nur Entweder und Oder gab. Du kennst das schon, diese vollkommen beengende Zweiteilung der Welt. Heute gibt es immerhin fünf Geschmäcker:

Cola *... das ist am besten zum Autofahren (übrigens, Dein heiß begehrter roter Flitzer steht seit heute Nacht hinter der Garage versteckt). Du musst mir allerdings versprechen, dass Du stets beim Colabrauselutschen im Auto die Fenster ganz herunter kurbelst und die Musik auf volle Lautstärke drehst. Der Wind soll durch Dein langes Haar wuscheln, und die Nachbarn sollen ja auch etwas davon haben. Das ist immens wichtig.*

Himbeere *... na ja, die ist halt meistens dabei und schmeckt etwas fad. Sie färben die Brause schön rosa ein, und natürlich prickelt sie wie die anderen auch. Aber sie ist relativ vernünftig und zum Beispiel eher geeignet zum Lesen eines Fachtextes (hab ich Dir schon gesagt, dass ich den Rektor der Kunsthochschule gesprochen habe? Du darfst Deine Skulpturen dort vorstellen ... na ja ... kleines Geburtstagsgeschenk ...). Mit der Himbeerbrause kannst Du später gut Deine Steuererklärung machen, Urlaubspostkarten schreiben oder Tageszeitung lesen. Sie ist nett und unspektakulär.*

Zitrone *... die ist schon ziemlich gut, aber immer noch zu süß – und das, obwohl es Zitrone sein soll. Die Zitronenbrause schmeckt besonders gut, wenn Du zu einem ersten Date mit einem Mann gehst. Sie macht Dir einen schönen fruchtigen Atem, und alleine die Farbe lässt Dich an Italien und an Frühling denken. Wenn die Zitronenbrause nicht hilft, dann trink*

Dir den Mann bloß nicht schön. Was die Zitrone nicht kann, schafft auch kein Prosecco, mein Liebes (ach ja ... der Prosecco für Deine Fete steht natürlich kalt im Vorratskeller, und die Gläser habe ich Euch auch schon bereitgestellt). Mit der Zitronenbrause läuft dir das Wasser ganz besonders fruchtig im Munde zusammen, und Du wirst sehen, wie Du eine luftige Laune bekommst und mit schlagfertig charmanten Albernheiten Dir die Herzen der Welt eroberst.

Waldmeister ... ist etwas für das richtig tiefe Gefühl ... Die Sorte ist seltener als Himbeere und Cola, und Waldmeister ist meist sowieso nur in den Tütchen und in den großen Würfeln drin. Auf die Formen komme ich noch, jetzt bin ich aber beim Inhalt, also beim Geschmack. Natürlich ist die Form auch wichtig, denn sie bestimmt das Gefühl ebenso wie der Geschmack. Aber wem sage ich das? Die Künstlerin in der Familie bist ja Du. Also, Waldmeister jedenfalls geht wunderbar, wenn Du nachts aus dem Fenster in den Sternenhimmel blickst, wenn jemand Dein Herz zerrupft hat und wenn Du von der großen weiten Welt träumst. (Weißt Du, ich habe überlegt, dass wir nach Deinem Abitur erst mal nach Taschkent fahren sollten, und wir werden auf jeden Fall jede Menge große Würfel Waldmeister mitnehmen). Die Waldmeisterbrause ist das prickelnde Fernweh, das herbe Sehnen, das schmerzliche Erkennen.

Orange ... das ist die Welt, die Liebe, das Leben und die Sehnsucht.
Liebes, zu Orange sag ich jetzt nichts, das musst Du einfach selbst ausprobieren. Orange tragen ja auch die meisten buddhistischen Mönche, und Du kennst die alten Fotos von mir, als ich in Poona lebte und vier Jahre meine Erleuchtung suchte. Ich weiß bis heute nicht, ob ich sie fand, aber meine spirituellen Träume sind heute noch orange eingefärbt, und genau so schmeckt die orangefarbene Brause, vorausgesetzt es sind die großen Würfel.
(Sag mal ... was hältst Du eigentlich davon, wenn ich zu Deiner Fete

mein altes orangefarbenes Kleid mit dem großen Ausschnitt trage? Wäre ich Dir peinlich?)

Orangenbrause kannst Du in den großen Momenten lutschen: wenn Du eine zündende Idee suchst, wenn Gott Dir begegnet, wenn Du einen positiven Schwangerschaftstest anschaust, wenn Du mal zum Traualtar gehst, wenn Du beim Bergwandern einem wilden Wolf begegnest und er Dich verständig anschaut.

Nun, da ich die Geschmäcker erklärt habe, komme ich also endlich zur Form. Es gibt nur eine Form, die wirklich eine gute Gestalt hat, die also zentral, relevant, wichtig, treffend und enorm ist: der grobe Brausewürfel.

Selbstverständlich hält die moderne Brauseindustrie allerlei Formen parat, für jede innere Alters- und Reifegruppe ist etwas dabei:

Brausesticks ... sind ca. 4-5 cm lang und hervorragend für das Kino geeignet. Meist bekommst Du sie an der Kasse, und sie versüßen Dir die Filme, in die Du nur rein gehst, um einem anderen Menschen einen Gefallen zu tun. Die Form des Brausesticks hilft auch beim Nachdenken, denn man kann ihn wie einen Bleistift beim Lösen schwieriger Rätsel ankauen und feucht beknabbern. Irgendwie hat das bei mir immer die Konzentration erhöht.

Brausebonbons ... gibt es in zwei Varianten. Zum Beispiel als klassisches Bonbon, das man mit Brausepulver gefüllt hat. Ich selbst finde Bonbons ja eher langweilig, daher ist mir dieser Weg zur Brause zu weit.

Die andere Variante besteht aus gefärbter, papierähnlicher Zellulose, in deren Innerem sich die weiße Brause (keine Ahnung, welche Geschmacksrichtung) befindet. Du kannst die Zellulose langsam zerlutschen oder sie einfach durchbeißen. Der Kontrast zwischen der prickelnden Brause und der eher faden Zellulose ist durchaus interessant und bedarf etwas Konzentration. Also nichts für »einfach-mal-so«, sondern man muss sie mit Bewusstheit essen.

Brauseherzen ... *gibt es auch als Brausebären, Brausetaler, Brausepillen, und vermutlich demnächst auch als kleine Brausesternchen. Sie sind lustig und nett und gut für die Manteltasche, so wie die Leckerchen für unseren Hund. Die Taler schäumen noch am besten, daher rate ich Dir von den anderen Formen ab, denn ihre Pressung ist einfach zu hart und mindert Geschmack, Gefühl und Prickeln. Vermutlich hat man für die Brausebären die Brause einfach totgequetscht.*

Brausestangen ... *jaaaa, die gab es zumindest früher. Sie bestanden aus Plastik in allen bunten Farben. Sie waren tatsächliche, nicht geschätzte, also echte 30 cm lang, und man musste sie oben anbeißen, um sich dann das Brausepulver in die Hand zu schütten oder aber (Vorsicht: Profivariante) gleich besser in den Rachen. Vermutlich haben sie den einen oder anderen Milchzahn gekostet, denn das Aufbeißen war eine spezielle feinmotorische Kunst und für Erwachsene mit ersten Zahnproblemen oder -prothesen vollkommen ungeeignet. Vermutlich sind sie auch deshalb vom Markt verschwunden.*

Brausetüten ... *nun, denen hat leider Schlöndorff mit seiner unsäglich genialen »Blechtrommel«-Verfilmung den Rest gegeben. Ich habe sie jedenfalls seit Ewigkeiten nicht mehr benutzen können, seit ich die Szenen mit dem Kindermädchen bzw. ihren Spuckefäden sah. Also, Brausetüten gehen nur für ganz kleine Kinder (die den Film noch nicht sehen durften) oder aber für starke Frauen, die ihrer wirklich ganz, ganz großen Liebe begegnen. Du wirst wissen, wann für Dich der Moment für Brausetüten gekommen ist. Aber, Liebes, höre auf meinen Rat und lass vorerst die Finger davon. Eines Tages wirst Du dem Richtigen begegnen, und dann wird sich das Brausetütchen von ganz alleine einfinden, und Ihr werdet euch wundern, was man damit alles machen kann.*

Brausewürfel ... *das sind die großen, groben Würfel ... Du weißt schon, die, die Deinen Mund wund machen, und man kann herrlich schäumen damit.*

Wunderbar, wenn Du einen Prüfer beeindrucken willst (falls er mit Deinen Skulpturen nichts anfangen kann), oder wenn Du einen Almodóvar-Film anschaust. Die Würfel jedenfalls gehen nur für das echte, große Gefühl ...

Vielleicht ist es ja auch so wie bei den Schamanen, und Du musst einfach – na ja, einfach ist das nicht – die für Dich richtige Form und den für Dich richtigen Geschmack finden. So wie Du Deine eigenen Schutzengel hast und Deine eigenen Schutzpatrone, so wirst Du auch die richtige Form, Farbe und Nutzung der Brause für Dich finden. Es gibt nur drei Regeln, die Du unbedingt beachten solltest:

1. *Niemals durch den Mund einatmen, während Du Brause isst.*
2. *Versuche, den Moment des Aufhörens zu finden (es sei denn, Du willst abnehmen. Mit Brause kann man trotz hohen Zuckergehalts wunderbar abnehmen, denn wenn Du zuviel davon hattest, ist Dir für den Rest des Tages übel und Du kannst nichts anderes mehr essen – auch der Mund ist viel zu wund, und der Magen blubbert. In diesem Fall allerdings solltest Du auch das Date absagen).*
3. *Brause verträgt keine Mitschwimmer. Also trinke vorher und nachher bitte möglichst nichts. Auch und schon gar kein Wasser.*

Eines allerdings solltest Du noch wissen: Heute sind die Menschen verrückt für und gegen alles Mögliche. Zum Beispiel haben sie Brause missbraucht für diese sprudelnden Vitamintabletten, die sich die modernen Hypochonder im Supermarkt ihres Vertrauens kaufen. Aber denke stets daran, meine Kleine: Wer die nimmt, hat vom Leben nichts verstanden.

Ich drücke und küsse und herze Dich ganz doll

Deine Mama

Hühnereintopf

Katharina Burkhardt

Frank Martinus hat es satt. Damhirsch auf einer Sauce aus Rotwein, Zimt und Pflaumen, kalte Gurken-Wasabi-Suppe, Zanderfilet auf Rahmsauerkraut, Geflügelleberparfait mit Salat und gebratenen Apfelspalten … Er schluckt hart, als er eine feine, dekorative Linie aus Bitterschokoladensauce um ein Stück vom Wildschweinrücken zieht. Kurz noch den Tellerrand mit einem Tuch sauber gewischt, und das kleine Kunstwerk kann die Küche verlassen.

»Die Gäste von Tisch sieben finden den Weißburgunder nicht kalt genug.« Der Kellner, der die Gläser zurückbringt, wirkt nervös. Es ist Samstagabend, der Laden bis auf den letzten Tisch besetzt, und in der Küche herrscht Hochspannung. Der Chef ist an solchen Tagen immer gereizt und sein Temperament geht gerne mal mit ihm durch.

»Der Wein hatte eine Temperatur von exakt 10 Grad, als wir ihn serviert haben«, sagt Frank Martinus jetzt jedoch mit seltsam müder Stimme. »Die Gäste sollen ihn gefälligst sofort trinken und nicht eine halbe Stunde stehen lassen, dann müssen sie sich auch nicht beschweren.«

Er greift sich eines der Gläser, nimmt einen Schluck und sagt dann: »Er hat immer noch die perfekte Temperatur. Na, sagen wir fast perfekt. Bringen Sie die Gläser zurück.«

Der Kellner, ein junger Mann, der noch nicht lange für Frank Martinus arbeitet, schaut irritiert.

»*Diese* Gläser? Aber Sie haben doch gerade daraus …«

»Die Gäste an Tisch sieben kriegen diese Gläser oder gar keine.«

Frank Martinus nimmt das zweite Glas und trinkt auch daraus einen Schluck.

»Damit keiner sagt, er hätte zu viel im Glas«, fügt er hinzu, als nun nicht nur der junge Kellner, sondern auch die anderen Mitarbeiter ihn erstaunt anstarren. »Na los, worauf warten Sie noch?«

Er scheucht den Kellner hinaus in den Speiseraum. Dann tritt er zu dem großen Topf, in dem eine asiatische Suppe mit Zitronengras und Garnelen warm gehalten wird. Gedankenverloren rührt er in der Suppe und atmet den exotischen Duft ein, der aus dem Topf aufsteigt. Dreck, denkt er auf einmal, das ist Dreck im Vergleich zu den Eintöpfen, die seine Mutter gekocht hat. Linseneintopf mit Kasseler, Hühnereintopf mit viel Gemüse, Kohlsuppe mit Kochwurst. Seine Mutter war eine großartige Köchin, von ihr hat er das Talent geerbt, aus frischen Zutaten Kunstwerke zu zaubern. Nur dass seine Mutter lediglich die Menschen damit beglückte, die sie liebte, während ihr Sohn hinaus in die Welt zog und ein Sternekoch wurde. Teure Hotels und elegante Gasthäuser sind sein Zuhause, Menschen mit Rang, Namen und vor allem Geld seine Gäste. Das Beste ist ihnen oft nicht gut genug, sie sind verwöhnt und extravagant, und gutes Essen ist für sie kein Genuss, sondern ein Statussymbol. Dreck, denkt Frank Martinus noch einmal, alles Dreck. Und dann spuckt er kräftig in die Suppe und rührt sie noch einmal sorgfältig um.

Der junge Kellner kommt mit den Weißweingläsern zurück.

»Die Gäste von Tisch sieben sind gegangen.«

»Schade«, sagt Frank, »dabei haben sie noch gar nicht von meiner Zitronengrassuppe probiert. Die ist jetzt genau richtig.«

Es ist fast halb zwei nachts, als er endlich die letzten Lichter ausschaltet und den Hofeingang abschließt. Wie immer ist er der Letzte, seine Mitarbeiter sind längst alle gegangen. Vor drei Jahren hat er die Jägerstube übernommen, ein ehemaliges Forsthaus, dessen Küche sich bis dahin durch einfallslose, schlichte Hausmannskost auszeichnete. Frank entrümpelte nicht nur die Speisekarte, sondern das gesamte Haus und machte aus dem urigen Forsthaus einen Kochtempel, der nur noch dem Namen nach an die alte Jägerstube erinnert. Die Gäste kommen von überall her aus dem In- und Ausland angereist, die Medien reißen sich um ihn, Kollegen zollen ihm Respekt. Er arbeitet rund um die Uhr, sieben Tage die Woche für seinen Erfolg. Ein Privatleben hat er nicht mehr, Freunde sieht er höchstens, wenn sie in sein Restaurant kommen, Liebesbeziehungen zerbrechen wieder, bevor sie richtig beginnen, und seine Mutter hat er zuletzt vor einem Jahr in dem Heim besucht, in dem sie seit ihrem Schlaganfall lebt.

Frank Martinus steigt in sein Auto und bleibt regungslos hinter dem Lenkrad sitzen. Das Sprechen war ihr schwergefallen und den linken Arm konnte sie nicht mehr gut bewegen. Ihre Augen waren feucht, als er ging. Er sieht ihre Traurigkeit und Einsamkeit auf einmal so deutlich vor sich, als hätte er seine Mutter erst gestern zum letzten Mal gesehen. Damals fuhr er einfach wieder weg, zu irgend so einer albernen Talkshow, in der er dumme Fragen beantworten musste.

»Essen ist fertig.« Er sieht seine Mutter in ihrer kleinen, alten Küche mit den Einbaumöbeln aus den siebziger Jahren stehen und in einem großen Topf rühren. Ihr Hühnereintopf war ein Gedicht. »Der vertreibt allen Kummer dieser Welt«, pflegte seine Mutter zu sagen und verteilte die Suppe auf tiefen Tellern. Sein Vater nickte gutmütig zu ihren Lebensweisheiten, während Frank ihr über die Schulter blickte und zusah, wie sie Gemüse schnippelte und gekochtes Hühnerfleisch von den Knochen löste.

Er schmeckt auf einmal diesen kräftigen Hühnereintopf, der den ganzen Körper wärmt und die Seele streichelt. Er spürt die feste Umarmung seiner Mutter und ihren schwieligen Händedruck.

»Iss doch noch was, Junge, du kannst es vertragen«, hört er sie sagen, und ihm laufen die Tränen über das Gesicht, während er sich an dem Küchentisch mit der hellgrauen Kunststoffplatte sitzen sieht.

Eine Mitarbeiterin des Pflegeheims hat ihn am Morgen angerufen:
»Herr Martinus, ich muss Ihnen leider mitteilen, dass Ihre Mutter heute Nacht verstorben ist.«

Frank blieb ganz gefasst, ja, er fühlte sich direkt erleichtert. Endlich war er diese Sorge los. Er fuhr wie gewohnt zum Großmarkt und anschließend in die Jägerstube. Wie jeden Tag bereitete er zusammen mit seinen Mitarbeitern die Speisen für den Abend vor. Doch im Laufe des Tages machte sich plötzlich diese eigenartige Müdigkeit breit, diese Leere, dieses Gefühl von Sinnlosigkeit, das sich in dem Eklat mit dem Weißwein entlud.

Frank starrt hinaus in die Dunkelheit. Es ist sehr still. Regen fällt leise auf die Windschutzscheibe des Autos. Irgendwo in der Nacht bellt ein Hund. Als er endlich den Motor seines Wagens startet, hat Frank Martinus einen Entschluss gefasst.

Eine ganze Woche lang bleibt die Jägerstube geschlossen. Das gab es noch nie. Frank beerdigt seine Mutter und sortiert ihre letzten Habseligkeiten. Er findet darunter ein handgeschriebenes Kochbuch, das er an sich nimmt.

Als die Jägerstube wieder öffnet, gibt es große Irritationen unter den Gästen und Mitarbeitern.

»Die Gäste an Tisch sieben fragen, warum es heute keinen Salat mit Jakobsmuscheln gibt.« Der junge Kellner, der die Weißburgunder-Geschichte noch lebhaft vor Augen hat, macht sich auf neuerliche Überraschungen gefasst.

»Die Gäste können den grünen Salat mit Gartenkräutern essen oder es bleiben lassen.« Frank Martinus klingt sehr bestimmt, aber nicht unfreundlich.

»Und was ist mit der Artischockensuppe?«

»Hören Sie mir eigentlich zu?« Frank mustert den Kellner unwillig. Er ist schlank, sehr gepflegt und sehr ehrgeizig. Der junge Mann erinnert ihn an sich selbst. »Ich habe die Speisekarte komplett umgestellt. Es gibt nur das, was darauf steht.«

»Aber Chef, wie soll ich das den Gästen mitteilen, ohne sie zu verärgern?«

Frank Martinus zieht die Augenbrauen hoch. Dann wischt er sich die Hände an seiner Schürze ab und tritt selbst in den Speiseraum hinaus. An Tisch sieben sitzt ein Schauspielerpaar, das regelmäßig in die Jägerstube kommt. Die Frau ist eine arrogante Ziege und ihr Mann ein oberflächlicher Schwätzer. Doch Frank ist stets überaus freundlich zu ihnen, denn die beiden bringen viel Geld in sein Haus. Jetzt tritt er leise an ihren Tisch, lässt jeglichen Smalltalk aus und kommt gleich zur Sache:

»Was gibt es denn für ein Problem?«

Der Mann bleckt seine ebenmäßigen, weißen Zähne, für die er sicher sehr viel Geld ausgegeben hat.

»Mein lieber Frank, das ist doch nicht Ihr Ernst, oder? Wir sind ja immer aufgeschlossen für kulinarische Experimente, aber die heutige Speisekarte ist nun doch etwas, nun ja, ungewöhnlich.«

Jetzt beugt sich die Frau vertraulich zu Frank hinüber:

»Sie haben doch bestimmt für Stammgäste wie uns noch eine andere Auswahl, nicht wahr? Hausgemachte Tagliatelle mit Trüffeln vielleicht? Oder diese flambierte Hummersuppe, die es vor ein paar Wochen mal gab.«

Frank schaut die Beiden an. Kalte, fordernde Augen starren ihm entgegen und lassen ihn frösteln. Er strafft die Schultern.

»Tut mir leid, aber ich kann Ihnen nichts anderes anbieten. Ich freue mich jedoch, wenn auf unserer neuen Karte auch etwas für Sie dabei ist.«

Damit dreht er sich um und geht in die Küche zurück. Es dauert nicht lange, bis der junge, ehrgeizige Kellner verkündet, die Gäste von Tisch sieben seien gegangen.

Auch andere Gäste verschwinden und kommen nicht wieder. Die rege Geschäftigkeit in der Jägerstube weicht bald einer lähmenden Stille. Der junge, ehrgeizige Kellner ist der Erste, der kündigt. Andere Mitarbeiter folgen ihm. Frank Martinus lächelt traurig. Er hätte es noch vor kurzer Zeit nicht anders gemacht. Nachdem er auch seinen letzten Koch verabschiedet hat, setzt er sich in den leeren Speiseraum an einen Tisch und schaut hinaus ins Grüne.

Es ist ein schöner Tag Anfang Oktober. Vielleicht sollte er einfach mal einen Spaziergang in dem Wald machen, der direkt an die Jägerstube angrenzt. Er hat nie Zeit gefunden, die nähere Umgebung seines Restaurants zu erkunden. Frank steht auf, holt seine Jacke und tritt vor die Tür. Die Sonne scheint ihm warm ins Gesicht. Im Rosenstrauch neben dem Eingang hat sich eine dicke Hummel verirrt. Frank beobachtet, wie sie brummend von Blüte zu Blüte fliegt.

»Entschuldigung, haben Sie geöffnet?«

Als er sich umdreht, steht hinter ihm ein älteres Paar in robusten Wetterjacken und Wanderschuhen.

»Ja, selbstverständlich.« Frank lädt die Beiden ein, hereinzukommen. Als sie die Speisekarte studieren, ruft die Frau begeistert:

»Ach, das ist ja eine großartige Karte. Genau so was haben wir gesucht.«

»Haben Sie Ihre Wahl getroffen?«

Frank tritt an den Tisch.

»Jawohl. Ich hätte gerne den Hühnereintopf wie bei Muttern und mein Mann die Dithmarscher Kohlsuppe.«

Frank geht in die Küche und bereitet das Essen für seine Gäste zu. Ja, denkt er zufrieden, als er dampfenden Eintopf in große Suppenteller gibt, es wird doch. Und er erinnert sich daran, was er im Kochbuch seiner Mutter neben dem Rezept für den Hühnereintopf gelesen hat. Als er den Gästen ihr Essen serviert hat, setzt er sich an Tisch sieben, der in letzter

Zeit immer frei blieb. Er nimmt eine der Speisekarten und schreibt mit der Hand neben die Gerichte:

»Hühnereintopf – *gegen jeden Kummer dieser Welt.* Kohlsuppe – *wärmt Leib und Seele.* Linseneintopf mit Kasseler – *für glückliche Momente.*«

Er lehnt sich lächelnd zurück.

»Iss doch noch was, Junge«, hört er seine Mutter sagen. »Du kannst es vertragen.«

Frank Martinus geht in die Küche und füllt sich eine besonders große Portion Hühnereintopf auf einen Teller.

Königsberger Klopse

Katharina Burkhardt

Es kommt vor, dass man nach einer zerbrochenen Liebe mit wehem Herzen viel Wut und Enttäuschungen schlucken muss. Beides ist bekanntermaßen schwer verdaulich, und bis der Magen wieder Platz für andere Nahrung hat, sollte man sich mit leichter Schonkost begnügen.

Königsberger Klopse sind da ein bewährtes Mittel. Der Reis entwässert und verhilft zu einer gewissen Leichtigkeit, die der Wut Flügel bereitet. Die Klopse bestehen aus Hackfleisch, das stets aus Resten von irgendetwas hergestellt wird. Alles, was vom Rind oder Schwein nicht mehr als ansehnliches hübsches Filet oder Steak verkauft werden kann, wird durch den Fleischwolf gedreht und zu Hack verarbeitet.

Auch nach einer gescheiterten Beziehung hat man viele Reste übrig. Reste von Stolz, Verletzung, Liebe, Sehnsucht, Mitleid. Würzt man die Königsberger Klopse kräftig mit Verachtung, Zorn und Spott, dann erhält das Gericht einen sehr feinen Geschmack, der all die schäbigen Dinge vergessen lässt, aus denen es besteht.

Die kleinen, unschuldig schauenden Kapern schließlich, die grün vor Neid und von boshaftem Geschmack sind, lassen den Unglücklichen noch einmal richtig sauer aufstoßen, was ihm quer lag.

Am Schluss wird alles mit einer dicken Mehlpampe zugedeckt, die dem Leidenden dazu verhilft, seine Einzelteile wieder zu einem Ganzen zusammenzufügen und sich prall und rund zu fühlen.

Das Schöne an diesem preiswerten Essen: Es lässt noch genügend Geld übrig für Frustkäufe oder spontane Reisen, die ebenfalls für eine gute Verdauung sorgen.

Hummer

Elke Rathsfeld

Esther liebt den Süden. Mich liebt sie nicht mehr.
Und diese Tatsache hat mich um Jahre zurückgeworfen.

In meinen frühen Jahren war ich ein wilder, gelegentlich tobsüchtiger, aber immer temperamentvoller und feuriger Mann.

Dann lernte ich Esther kennen und lieben – wie man so schön sagt. Wie eine Zypresse stand sie aufrecht und dennoch sanft in ihrem klugen und durchdachten Leben. Sie studierte Psychologie und vermischte meine gelegentlichen Wutausbrüche mit dem Krieg, den ich gegen meinen Vater führte. Zugegeben, oft hatte sie recht, auch wenn ich das niemals zugegeben hätte.

Einmal, nach den ersten zwei Jahren unserer Liebe, hat sie mich verlassen, weil ich ihr den Außenspiegel von ihrem alten Auto durch einen wütend beherzten Tritt entfernt hatte. Monatelang habe ich sie umgarnt, ihr Blumen und selbst gebastelte Karten geschickt, sie »zufällig« im Supermarkt getroffen und sie dann zum Essen eingeladen. Ich habe ja eigentlich nie kochen können. Aber Michel, mein damaliger Mitbewohner, gab mir das ultimative Rezept, um Frauen zu verführen.

Ich briet also Filetspitzen vom Rind und gab dann die vorgekochten Broccoli-Röschen hinzu, die gerösteten Mandeln, etwas Sahne und den grobkörnigen Senf.

Und: Es hat geklappt. Noch an jenem Abend kuschelte sie sich in meine Arme und biss in mein Ohr, und beim Frühstück planten wir unsere Hochzeit.

Es gab ein italienisches Menü für 127 Gäste, und es gab italienischen Wein. Unser Hochzeitswalzer war »Che serà« von Doris Day und wir hatten wirklich »una notte speciale«.

Aber das ist lange her.

Ich bin dann tief gestürzt – drei Jahre später, als sie mich wegen des übergewichtigen, alten Geigers verließ.

Von der Zeit meines abgrundtiefen Hasses, meiner blinden Wut, meiner schwarzen Verzweiflung will ich nichts mehr wissen. Ich habe mich besonnen. All die Drohungen von Prügel für ihn und Messern für sie sind mir nun etwas peinlich. Schließlich bin ich Psychiater und weiß, wie selbstzerstörend diese Emotionen sein können.

Esther hat eines Tages ihr Studium abgebrochen und ist Hutmacherin geworden. Das war der Anfang vom Ende. Sie fuhr vom Palio in Siena nach Ascot zum Pferderennen, von Vietnams Reisfeldern zu den Falknerprinzen in Kuwait. Und ausgerechnet in Berlins Punkszene traf sie den alten, übergewichtigen Geiger.

Immer, wenn sie von ihren »Kopf-Reisen«, wie sie es nannte, zurückkehrte, sprudelte sie bei einem Glas kaltem Veltliner vor Ideen. Ich liebte ihre Gedankensprünge, die von der Kopfbedeckung bis hin zum aufrechten Gang kein Kopfschmückchen ausließen. Sie krönte Köpfe und Hälse mit paradiesischen, teuflischen und kulinarischen Einfällen. Die Patienten auf meiner Station waren ideenlose Kretins gegen sie. Keine Manie, keine Schizophrenie, keine drogeninduzierte Psychose hätte jemals solche Kopfkreationen zustande kommen lassen, wie Esther es konnte.

Natürlich hätte ich versuchen können, Esther einweisen zu lassen. Ich habe auch immer wieder daran gedacht. Nur eine geistige Verwirrung hatte sie in die Arme des alten, übergewichtigen Geigers treiben können.

Aber jeder hätte mich sofort durchschaut und es als den Akt bezeichnet, der es gewesen wäre: Rache.

Die Vorstellung, sie auf meiner Station als Patientin zu haben, war sehr genüsslich für mich. Ich werde gerühmt für meine sonore Stimme, meinen tiefgründigen Blick, meine scharfe Analyse und für meine hypnotische Sprache. Mit der Gabe von Halluzinogenen hätte ich sie vermutlich zu Höchstleistungen angespornt und sie – so manisch, wie sie dann geworden wäre – sofort einweisen können. Ich hätte ihr sogleich ein Neuroleptikum zugeführt, um sie etwas zu sedieren, und ihr am Tag darauf ins Gewissen geredet. Aber am liebsten hätte ich ihr giftige Pilze verabreicht, und dann wäre ich meine unfreiwillig erworbene Freiheit sogleich wieder los gewesen. Man hätte mich für immer ins Gefängnis gesperrt, und was sollte ich dort tun?

Auf unseren Reisen und auch zu Hause haben Esther und ich immer gerne gut gegessen. Gazpacho in Malaga, Conciglie mit Krebsfleisch in Cinque Terre, Meinl's Schokolade am Balaton und Crème Brulée in Paris.

Als ich von dem Borderline-Kongress in Stuttgart heimkam und ihren Kleiderschrank leer geräumt vorfand, da stand mir das Herz nicht nach Gift. Ich wollte Blut sehen. Ihr Blut.

Ihre flehenden Augen, in denen ich hätte erkennen können, dass sie bereut. Ich wollte sie zerstückeln, ihren Hals liebkosen und sie zurück haben. Dafür hätte ich mir das Herz heraus gerissen, meine Augen geblendet, wäre von Hochhäusern gesprungen, hätte zu Gott gebetet. Aber sie lag mit dem alten, übergewichtigen Geiger im Bett und ging nicht ans Telefon, wenn ich sie anrief, um sie anzuflehen. Ich hätte ausspucken können vor ihr.

Nun gut, es ist acht Monate her. Fast so lang wie eine Schwangerschaft. In dieser Zeit habe ich einige Phasen durchlaufen.

Nach der verzweifelten Wut kam die Zeit der Rachepläne. Es wäre ein Leichtes, etwas Fingerhut in verschiedenen Gewürzvarianten unter die Zutaten eines Abschiedsmahls zu mixen. Gar ungewöhnlich ist es heutzutage, mit der Herbstzeitlosen zu morden, und wer weiß, vielleicht hätte es keiner gemerkt, zumal der Giftmord ja eigentlich eine urweibliche Variante des Tötens ist.

Ich hätte sie an einem Hirnödem sterben lassen können, wenn ich ihr zum Espresso nach dem Essen ein kleines Gläschen destilliertes Wasser gereicht hätte. Aber ehrlich gesagt graut es mir vor dem Ertapptwerden. Das war mir schon immer zuwider, darum hätte ich auch niemals in der Schule abgeschrieben, heimlich onaniert oder das Finanzamt betrogen.

Und nicht zuletzt war es Esther, die mich zurück in den Schoß der Kirche brachte, wie man so schön sagt. Sie hatte eine schlimme Unterleibserkrankung durch Gebete überstanden. Meiner Meinung nach waren es die Spülungen, die man im Krankenhaus an ihr vorgenommen hatte, aber Esther war überzeugt von der Macht ihrer Gebete.

Sie hatte so eine Art, jede ihrer Leidenschaften so klug und logisch zu verpacken, dass ich tatsächlich eines Tages wieder in die Kirche eintrat und mit ihr zum Abendmahl ging.

Heute wünsche ich, dass es ihr letztes Abendmahl wäre, was sie gleich bei mir – in unserer alten, gemeinsamen Wohnung – einnehmen wird.

Aber meine Schwangerschaft ist fast um. Gewaltsam hat sie mir diese Trennung einverleibt, mich zum Alleinsein vergewaltigt. Ich wollte das nicht. Und dann habe ich diese Trennung nun acht Monate ausgebrütet, mit mir herum getragen, ausgetragen. So manches Mal war mir zum Kotzen, und gelegentlich habe ich über Mord an diesem Ding nachgedacht. Aber ich bin Arzt und Psychiater. Ich weiß, dass jeder Schock, jedes Trauma eines Tages in einen Normalzustand zurückkehrt.

Wenn Esther heute Abend nach Hause geht oder ins Krankenhaus eingeliefert wird, werde ich meine gepackte Reisetasche nehmen und nach

Südfrankreich fahren. Selbstverständlich haben meine Kollegen meine Urlaubsadresse. Ich habe keinen Grund, zu flüchten.

Ich fahre einfach nur an den Ort unseres größten Glücks zurück. Dorthin wo wir schlanke und sprungkräftige kleine Stiere in der Arena von Arles bei der Camarguaise bewunderten. Dorthin, wo wir nachts im August den süßen und schweren Vin de Sable über unsere Körper gossen, ihn von und aus uns tranken. Dorthin, wo wir lilafarbenen Knoblauch in die Soße für die Miesmuscheln warfen. Esther wollte mir einen Gefallen tun damals und hatte großherzig für sich eine Portion mitgekauft. Aber sie konnte Muscheln einfach nicht essen und tunkte nur das Weißbrot in die nach Knoblauch duftende Weißweinsoße. Also habe ich ihre Muscheln mitgegessen, nicht ahnend, wie sich eine Eiweißvergiftung anfühlt. Meine Speiseröhre und mein Darm haben mir das zwei Tage lang dann – nun, sagen wir mal: erläutert.

Natürlich mache ich heute, wenn sie kommt, keine Muscheln. Esther hat sich bereit erklärt, mit mir zu Abend zu essen, wenn wir über die Auflösungsmodalitäten unserer Anglerhütte in Schweden sprechen. Es ist acht Monate her, dass ich wünschte, ich könnte Esther in dem modrigen Gewässer vor unserer Hütte zu einer modernen Moorleiche machen. Aber ich will, dass Esther lebt. Wenn auch schlecht.

Ich möchte mein weiteres Leben nicht mit einem Mord beginnen. Nur mit etwas Übelkeit, Schmerz und einer dramatischen Krankenhauseinlieferung dieser Frau. Möge man sie auf Gift untersuchen, man wird keines finden. Sollen sie ihr doch den Magen auspumpen, er wird ihr dennoch Höllenqualen bereiten.

Aber jetzt möchte ich, dass wir unser letztes gemeinsames Abendessen genießen. Was dann kommt, geht mich nichts mehr an.

Der Weißwein steht schon seit Stunden im Kühlschrank. Die Sardinen für die Vorspeise habe ich mit etwas Mehl in heißem Olivenöl gebacken.

Brot wird es keines geben, das macht sowieso nur fett und mildert das Zusammentreffen der Fischenzyme mit den Aminosäuren des Magens, und genau das möchte ich verhindern. Esther soll schlank bleiben, wenn sie schon mit dem übergewichtigen, alten Geiger im Bett liegen muss. Das Brot würde ihre nahende Eiweißvergiftung lindern, und also muss ich sie schnell nach dem Essen verabschieden. Alles, was die Anglerhütte betrifft, werde ich ihr schon vor dem Hauptgang unterschreiben.

Der Hummer, den ich heute Morgen in der Markthalle besorgte, ist schon seit Stunden tot. Einen Hummer vor dem Kochen zu töten, hat eine sichere und recht schlimme Eiweißvergiftung zur Folge. Es war einfacher, als ich dachte, ihn zu töten. Ich habe ihn einfach in ein ausrangiertes Aquarium mit frischem Süßwasser gesetzt, und es hat nicht lange gedauert, bis er oben schwamm.

Esther wird sich über mich wundern, denn natürlich weiß sie, dass ein Hummer bei lebendigem Leib ins kochende Wasser muss, was ich immer verweigert habe. Und ich bin todsicher, dass sie mir es abnimmt, wenn ich ihr meinen plötzlichen Mut mit einem Lächeln erläutere: »Du hast mich auch bei lebendigem Leib ins kochende Wasser gestoßen.« Und dann werde ich ihr einfach ein Glas von dem schönen, kühlen Veltliner in die Hand drücken, ihr zuprosten und sie schnell verabschieden, bevor ihr schlecht wird.

Überraschungsmenü

Katharina Burkhardt

Eigentlich hatte Anne gar keine Lust, zu diesem Essen zu gehen. Viel lieber hätte sie einen Picknickkorb gepackt und auf der Wiese im Stadtpark frisches Baguette, französischen Käse und italienischen Rotwein genossen. Das wäre ganz nach ihrem Geschmack gewesen, ein einfaches Essen, dazu die Weite des samtblauen Sommerhimmels über ihr, eine frisch gemähte Wiese unter ihr, und der Duft von Freiheit in ihrer Nase.

Stattdessen hatte sie sich diesen eleganten Hosenanzug und die schmalen Pumps angezogen, die drückten, wenn sie zu lange in ihnen lief, und war auf dem Weg zu Bernd, der sie zum Essen eingeladen hatte. Genau genommen hatte er gesagt:
»Meine Eltern kommen zu Besuch und mein Vater wird für uns kochen. Er ist ein großartiger Koch, viel besser als ich.«
Anne fand, dass es kaum etwas Schlimmeres gab, als den Eltern eines Mannes die Aufwartung machen zu müssen, den sie selbst noch gar nicht lange kannte. Ihr grauste vor dieser Begegnung, die ein stilles Beäugen und Abtasten sein würde, ein steifes umeinander Herumschleichen. Aber sie hatte Bernds Einladung höflich angenommen. Immerhin waren seine Eltern ja möglicherweise ihre zukünftigen Schwiegereltern, da wollte sie es sich nicht gleich mit ihnen verderben.

Zukünftige Schwiegereltern … Während Anne die Straße hinunter ging, in der Bernd wohnte, fragte sie sich, wieso sie überhaupt auf diese Idee kam. Sie kannte Bernd doch wirklich erst wenige Wochen. Aber er war so aufmerksam, so fürsorglich, so nett und hilfsbereit, wie sie es selten zuvor bei einem Mann erlebt hatte. Und er meinte es auch ernst mit ihr, so anhänglich, wie er war. Er war nicht mehr von ihrer Seite gewichen, seit sie sich beim Yoga kennengelernt hatten. Stets lag seine Matte neben ihrer, stets begleitete er sie anschließend Woche für Woche bis vor die Haustür (und später auch hinein). Er rief jeden Tag mindestens zweimal an. Er schenkte ihr Blumen, Postkarten mit vielen Herzchen drauf, Eintrittskarten ins Theater und in Konzerte. Bernd schien jede freie Minute mit Anne verbringen zu wollen.

Anne lächelte, als sie an all die schönen Dinge dachte, die sie schon miteinander erlebt hatten.

»Wir«, dachte sie mit einem zufriedenen Seufzer, »wir, wir, wir.«

Es war lange her, seit sie das letzte Mal im *Wir* gelebt hatte, und sie genoss diese neue Zweisamkeit unendlich. Sie achtete kaum noch auf ihren Weg, während sie an all die ersten Male mit Bernd dachte. Ihr erster Kinobesuch, bei dem Bernd ihre Hand keine Sekunde lang losgelassen hatte. Ihr erster Kuss, feucht und fremd, aber auch aufregend, doch, ja. Die erste gemeinsame Nacht. Bernd war so unsicher gewesen, dass Anne schließlich die Regie übernommen hatte. Aufregend war das nicht gewesen, dachte sie jetzt, nur einfach schön. Ihr erstes gemeinsames Dinner in einem indischen Restaurant. Bernd hatte ihr ein Lammcurry empfohlen und verwundert geguckt, als Anne sagte, sie möge kein Fleisch.

»Willst du mal probieren?«, hatte er später gefragt, als er sein Lamm vor sich stehen hatte. Anne hatte den Kopf geschüttelt, höflich gelächelt und sich ihrem Spinat mit indischem Käse gewidmet.

Jetzt lächelte sie wieder. Bernd war so bestrebt, alles mit ihr zu teilen, dass er es nur schwer aushielt, wenn sie nicht auch dieselben Speisen aß wie er.

»Warum isst du denn kein Fleisch?«, hatte er sie gefragt.

»Weil ich es eklig finde«, hatte Anne geantwortet.

»Vielleicht hast du einfach immer nur Pech gehabt und kein richtig gut zubereitetes Fleisch gegessen«, sagte Bernd. Anne zuckte mit den Schultern. Bernd war so süß, dass sie ihm zuliebe alles tun würde. Vermutlich würde er sie eines Tages sogar dazu bringen, wieder Schnitzel und Gulasch zu essen, wie sie es als Kind auch getan hatte. Der Ekel war erst irgendwann in der Pubertät entstanden. Auf einmal war Anne bewusst geworden, was sie da aß. Fleisch war wirklich *Fleisch*, es bestand aus den ehemaligen Körperteilen eines Tieres – Schulter, Hüfte, Bauch, alles vom Tier wurde verwertet, solange es dafür Abnehmer gab. Leberwurst hieß so, weil sie Leber enthielt. Und die Leber hatte sich zusammen mit anderen Innereien im Bauch eines Kälbchens befunden. Ochsenschwanzsuppe trug ihren Namen auch nicht von ungefähr. Und Bratwurst bestand aus lauter widerlichen Sachen, die sich nur verkaufen ließen, indem man sie durch den Fleischwolf drehte und kräftig würzte. Auf einmal hatte auf Annes Teller kein leckerer Braten mehr gelegen, sondern ein Klumpen aus Muskelfasern, Sehnen und Fett, der in einer Soße aus Blut schwamm.

Sie schüttelte sich innerlich. Nein, auch Bernd würde sie nicht dazu bringen, wieder Fleisch zu essen. Der Ekel saß einfach zu tief. Dennoch liebte sie Bernd und fand, dass er der perfekte Mann für sie sei. Und ihm zuliebe würde sie jetzt die perfekte Schwiegertochter mimen. Entschlossen drückte sie auf den Klingelknopf zu Bernds Wohnung.

»Hallo, mein Schatz!« Bernd riss die Tür auf und zog Anne in seine Arme – so stürmisch und ungestüm wie ein junger Hund. Doch dann führte er sie wie ein echter Gentleman ins Wohnzimmer und stellte sie seiner Mutter vor.

Bernds Mutter war rund, laut und fröhlich.

»Ach, ist das herrlich!«, rief sie und presste Anne an ihren üppigen Busen, als würden sie sich schon Jahre kennen. Anne setzte sich in einen Sessel, ließ sich von Bernd einen Martini einschenken und gab sich Mühe, dem Wortschwall standzuhalten, den seine Mutter über sie ergoss. Eigentlich hatte sie erwartet, dass man sie neugierig ausfragen würde. Doch Bernds Mutter fand es offenbar angemessener, Anne mit Anekdoten aus der Kindheit ihres einzigen Sohnes zu beglücken.

»Und gekocht hat der Bernd auch schon als kleiner Junge. Er hat immer alles genau so wie sein Vater gemacht. Ist das nicht herrlich?«

Bernd schien ihr Redefluss überhaupt nichts auszumachen. Er lachte und ergänzte die Geschichten seiner Mutter, während er die Getränke auf den Tisch stellte.

Anne fühlte sich unbehaglich, als sie ihren Blick über die Kristallgläser, das Silberbesteck und die feinen Stoffservietten schweifen ließ. Der Tisch sah fast so aus wie eine kleine Hochzeitstafel. Anne hätte vor Glück platzen müssen. Doch sie wünschte sich auf einmal in ihre gemütliche kleine Küche, in der sie an ihrem Holztisch eine große Portion Spaghetti mit selbst gemachtem Pesto verschlang, ohne darauf zu achten, dass ihr die langen Nudeln aus den Mundwinkeln baumelten und das Öl von ihrem Kinn tropfte. Sie sehnte sich nach einem großen Becher heißer Schokolade und dem Gefühl von Geborgenheit, wenn die köstliche Flüssigkeit ihren Körper wärmte.

Anne zwang sich, weiter höflich zu lächeln und gute Laune zu verbreiten, denn Bernds Vater kam zur Tür herein. Er trug eine große Schürze um den Bauch und sah seinem Sohn so ähnlich, dass Anne sich lebhaft vorstellen konnte, wie Bernd in dreißig Jahren aussehen würde.

»Sind das nicht zwei prächtige Kerle?«, fragte Bernds Mutter mit unverhohlenem Besitzerstolz.

Anne lächelte und lächelte. Allmählich tat ihr von diesem künstlichen

Dauerlächeln jeder Muskel im Gesicht weh, und das, obwohl das Essen noch gar nicht begonnen hatte.

Sie tranken Sekt, und Bernds Eltern boten ihr das Du an.

»Ihr seid so ein schönes Paar«, rief Bernds Mutter Hannelore begeistert. Bernd strahlte, und Anne lächelte.

Das Essen begann. Die Männer richteten die Teller in der Küche an.

»Bernd hat mir erzählt, dass du schlechte Erfahrungen mit Fleisch gemacht hast«, plapperte Hannelore. »Was für ein Jammer. Aber du wirst sehen, Jürgen ist ein so ausgezeichneter Koch, bei ihm gibt es nichts, was nicht schmeckt.«

Annes Unbehagen nahm zu. Bernd, ihr rücksichtsvoller, liebender Bernd, würde seinen Vater doch wohl gebeten haben, etwas Vegetarisches für sie zu kochen. Er würde doch wohl nicht …

»Der erste Gang ist ein Steinpilzsüppchen«, unterbrach Jürgen ihre Gedanken und stellte einen Suppenteller vor sie auf den Tisch. In der sämigen Brühe schwammen fein geschnittene Pilze und kleine, rote Stückchen, die wie Paprika aussahen. Anne entspannte sich wieder. Bernd hatte ganz gewiss mit seinem Vater über ihre Essgewohnheiten gesprochen und das Menü nach ihren Bedürfnissen abgestimmt.

»Die feine Schärfe stammt von den Chilischoten«, erläuterte Jürgen, während Anne vorsichtig ihre Suppe löffelte. Ihre einzige Sorge bestand nur noch darin, dass sie kleckern könnte. Die Suppe war nicht nur scharf, sie hatte auch einen sehr kräftigen Geschmack.

»Das kommt von dem Wildfonds, den ich als Basis verwendet habe«, erzählte Jürgen fröhlich, und Hannelore fügte sofort eine Anekdote an, wie sie diesen köstlichen Fonds in einem kleinen Laden in Südfrankreich erstanden hatten. Wildfonds, dachte Anne bestürzt und schluckte tapfer die letzten Reste der Suppe. Was hatte Wild in einer Pilzsuppe verloren, fragte sie sich und verneinte höflich, als Jürgen ihren Teller ein zweites

Mal füllen wollte. Anne warf Bernd, der neben ihr saß, einen fragenden Blick zu, doch er verstand ihn nicht. Bernd war in Gedanken mit seinen Eltern im Urlaub:

»In Frankreich gibt es so sagenhaft leckeres Essen, das glaubst du gar nicht«, erzählte er Anne. »Wenn wir dort Urlaub machen, haben wir hinterher immer alle ein paar Kilos mehr auf den Rippen. Und die tollsten Sachen kannst du dort kaufen. Meine Eltern haben sogar mal eine Entenpresse erstanden, die muss ich dir unbedingt mal zeigen.«

Anne spürte, wie ihr das Blut aus dem Kopf wich. Sie wollte gar nicht wissen, was man mit einer Entenpresse anstellte, sie wollte nur noch nach Hause. Während sie gegen ein Schwindelgefühl ankämpfte, verschwand Bernd wieder in der Küche, um seinem Vater beim Servieren des zweiten Gangs zu helfen.

Anne starrte auf den Teller, den Jürgen vor sie gestellt hatte. Sie musste zugeben, dass die Petersilienkartoffeln und das zartrosa Fleisch sehr dekorativ in der Soße angerichtet waren. Dennoch wallte Übelkeit in ihr auf, als sie wie aus weiter Ferne Jürgens Erklärung zu seinen Kochkünsten vernahm:

»Die Rinderzunge besteht vorwiegend aus Muskelgewebe. Darum ist das Fleisch ganz fein und zart. Man muss die Zunge erst eine Stunde in Salzwasser kochen. Dann gibt man Suppengrün dazu und köchelt sie noch weitere zwei Stunden. Anschließend zieht man die Haut ab und schneidet das Fleisch in Scheiben. Wichtig ist einfach, dass man sich genügend Zeit zum Garen nimmt, dann entsteht ein köstliches Gericht.«

Alle am Tisch schienen das zu finden, denn sie widmeten sich mit sichtlichem Appetit ihrer Rinderzunge in Madeirasauce. Anne hingegen sah auf einmal eine Kuh vor sich, die ihre riesige, feuchte Zunge aus dem Maul heraus streckte und damit über ihre glitschige, schleimige Nase fuhr. Anne musste hart schlucken, um die Pilzsuppe bei sich zu behalten.

Sie fühlte sich wie gelähmt vor Ekel. Sie konnte das unmöglich essen. Sie war nicht mal imstande, die Kartoffeln aus der Soße zu picken. Wenn Bernd sie schon zum Fleischessen bewegen wollte, dann doch nicht mit *so etwas.* Vor allem hätte er für ein derartiges Experiment einen anderen Anlass wählen müssen. Nun hatte Bernd nicht nur Anne, sondern vermutlich auch seinen Vater, den Koch, in eine unangenehme Lage gebracht.

Doch Jürgen war noch völlig ahnungslos:

»Nur nicht so schüchtern«, posaunte er mit einem Blick auf Annes vollen Teller. »Die Kuh sagt nichts mehr.«

Bernd und Hannelore wieherten um die Wette. Anne hingegen schaffte es nicht einmal mehr, zu lächeln. Nein, die Kuh sagte schon lange nichts mehr. Und sie, Anne, hatte auch nichts mehr zu sagen.

»Ist dir nicht gut?«, fragte Bernd verwundert, als er nun endlich wahrnahm, dass sie ihren Teller überhaupt noch nicht angerührt hatte.

»Tut mir leid.« Anne spürte, wie ihr der Schweiß auf die Stirn trat. »Aber ich kann das nicht essen.«

»Warum denn nicht?« Bernd musterte sie besorgt.»Bist du krank? Willst du dich hinlegen?«

Anne atmete tief durch. Es war jetzt eh egal.

»Nein, ich bin nicht krank. Aber ich esse kein Fleisch. Das weißt du doch.«

Einen Moment lang herrschte Stille am Tisch. Alle starrten Anne an. Eine unausgesprochene Feindseligkeit lag plötzlich in der Luft. Hannelore fing sich als Erste.

»Ach, Kindchen, du hast doch noch gar nicht probiert. Zunge ist wirklich so zart, die kann gar nicht schlecht schmecken.«

Bernd schlug sich auf die Seite seiner Mutter:

»Ich habe dir doch gesagt, dass mein Vater ein ausgezeichneter Koch ist. Vertrau mir einfach. Das wird dein neues Lieblingsessen, da bin ich sicher.«

»Meine Rinderzunge in Madeirasauce hat bis jetzt jedem geschmeckt«, beendete Jürgen die Diskussion.

Anne musterte Bernd schweigend, der ihr immer so verständnisvoll vorgekommen war, und der sich nun ein besonders großes Stück Fleisch in den Mund schob, als sei nichts gewesen. War es tatsächlich so einfach? Konnte so ein kleiner Zwischenfall Klarheit für ein ganzes Leben bringen? Anne starrte auf dieses widerwärtige, rosafarbene Etwas auf ihrem Teller. Sie starrte in die Gesichter von Bernd und seinen Eltern, die verständnislos zurück starrten. Dann schob sie ihren Stuhl zurück und stand auf.

»Bitte entschuldigt mich«, sagte sie und ging hinaus. Das Letzte, was sie hörte, bevor sie die Tür hinter sich zuzog, war die Stimme von Hannelore:

»Sie ist doch nicht in anderen Umständen, oder? So blass, wie sie aussieht.«

Im Flur blieb Anne einen Moment unschlüssig stehen. Zwischen all der Anspannung und Übelkeit nahm sie eine neue Regung wahr: Hunger. Sie schloss kurz die Augen, dann gab sie sich innerlich einen Ruck, nahm ihren Mantel und öffnete leise die Haustür. Sie trat hinaus auf die Straße. Die frische Luft tat ihr gut. Endlich konnte sie wieder tief durchatmen. Langsam ging Anne die Straße hinunter. Der kalte, nackte Ekel trieb sie voran. Sie lief und lief und lief, fort von Bernd, fort von Hannelore und Jürgen, fort von einem Leben, in dem sie nie zuhause gewesen wäre. Je länger sie lief, desto leichter fühlte sie sich, und ihr Abscheu wich einer unendlichen Erleichterung. Sie wurde immer schneller, bis sie rannte. Die unbequemen Pumps streifte sie ab, und dann flog sie barfuß quer durch die Stadt, getragen von dieser Leichtigkeit und diesem großen Hunger, zurück in ihr neues Leben.

Grießbrei

Elke Rathsfeld

Lena rieb sich die Vanilleschote hinter ihr linkes Ohr. Draußen im Garten sah sie Jojo toben. Seine dünnen, weißen Haare wehten im Wind, standen zu Berge und wirbelten kreuz und quer der Sonne entgegen. Er rannte in den Heuschober hinein und ließ sich glucksend ins Stroh fallen.

Vierzig Jahre zuvor hatte Lena in genau diesem Heuschober ihre Unschuld verloren. Es war eine herrliche und aufregende Nacht gewesen. Ob des Neumondes brannte eine kleine Petroleumlampe und ihr Licht war durchsetzt von schwitzigen Händen, gurgelndem Atem und Gefühlsfluten wie von einem anderen Stern. Es hatte Sturm gegeben, an der Elbe und im Heuschober. Und Lena war noch richtig jung gewesen, eigentlich zu jung.

Sie ließ ihre Hand mit der Vanilleschote in ihren Ausschnitt gleiten, fühlte die zwar runzlige, aber noch sehr weiche Haut zwischen ihren Brüsten, die die Männer des Dorfes damals als »die schönsten Äpfelchen des Alten Landes« bezeichnet hatten. Ein Seufzer schob sich unter Lenas Brust, und sie rieb die kleinen Vanillekügelchen um ihre Brüste, hob sie an, streichelte darüber und sah zum Heuschober.

Lena wusste, was gleich geschehen würde. Jojo würde die Holzleiter auf den oberen Schober hinaufsteigen und sich durch das geöffnete Tor zwei Meter herab in den Heuhaufen fallen lassen. Das hatten ihre Kinder auch getan, damals, als sie noch klein waren und Lenas Äpfelchen noch keck in die Welt schauten.

Mit dem richtigen Büstenhalter konnten sie das auch heute noch, und

Lena wusste, dass sie sich jetzt hübsch machen und noch einmal diesen Genuss spüren würde, an dem sie immer so viel Gefallen gefunden und der ihr immerhin fünf Kinder geschenkt hatte.

Lena setzte die Milch auf den Herd. In den letzten Jahren hatte ihre Lust den Geschmack von Vanille und Zimt angenommen. Während sie die Milch rührte, schaute sie zu Jojo hinüber, wie er im Stroh lag und ein Lied summend in den Himmel blickte.

Langsam gab sie den Grieß in die köchelnde Milch und zog ihren Schlüpfer unter dem weiten Rock hervor. Sie griff in das Fässchen mit Vanillezucker und nahm ein sattes Händchen davon, das sie sich sogleich unter den Rock schob, um ihre Scham damit einzupudern.

Ihre andere Hand rührte schneller und schneller den andickenden Grießbrei, und Lena streute mit der vanillegepuderten Hand noch einen Hauch Zimt hinein. Sie nahm einen tiefen Atemzug dicht über dem Topf und roch Hitze, die nach Vanille und Zimt duftete.

Lena zog sich die Haarnadeln aus dem silbrigen Haarknoten und ließ ihr ausgedünntes, aber immer noch langes Haar fallen, holte sich keck eine Strähne nach vorn und schob sie mit leisem Kichern in ihr Dekolleté. Den Grießbrei kippte sie in eine Steingutschüssel, die sie von ihrer Großmutter geerbt hatte, und auf der ein blauer Enzian von den fernsten Reisezielen zeugte, die sie je zu erreichen vermocht hatte. Ein paar eingemachte Pflaumen legte sie obenauf und atmete tief durch.

Im Garten war Jojo gerade damit beschäftigt, eine kleine Katze in den Heuschober zu scheuchen, als er Lena mit einer dampfenden, grauen Schüssel kommen sah. Er riss die Augen auf und schnupperte mit einem leichten »Hmmmm jamjam«, während er Lena anstrahlte.

Sie nahm seinen Kopf in ihre Hände und drückte ihm einen herzhaften

Kuss auf den Mund. Jojo strahlte sie wissend an. Lena nahm Jojo bei der Hand und führte ihn in den Schober, schubste ihn sanft auf das Heu und nahm auf der zweiten Sprosse der Leiter Platz, die zum oberen Heuboden führte.

Jojo schaute sie erwartungsvoll an.

Lena zog ihre Strickjacke aus und zupfte den Halter ihrer »Äpfelchen« etwas nach unten, während sie mit der anderen Hand einen großen Löffel dampfendem Grießbrei aus dem Steinguttopf hob. Jojo öffnete den Mund und schloss die Augen.

Mit einem Kichern ließ Lena den Löffel in Jojos Mund gleiten, wobei sie mit voller Absicht einen kleinen Klecks herunter auf ihre halb entblößte Brust fallen ließ. Sie rückte Jojo entgegen, sodass ihr Rock fast versehentlich etwas nach oben rutschte und ihre nackten Beine enthüllte.

Jojo rückte auch näher und zutzelte begierig am Löffel und wollte mehr. »Mamalena mehr«, raunzte er und drängte sich zwischen ihre Schenkel.

»Nicht so hastig, mein Lieber«, lachte sie und holte erneut mit dem Löffel aus, der wiederum etwas Grießbrei in ihrem Dekolleté verlor. Jojo schaute sie wissend an und leckte mit breiter Zunge das Süße von ihrer Haut.

»Braaaaaaaaaaver Jojo«, gurrte Lena und zog den Büstenhalter nach unten, um sogleich einen neuerlich kleckernden Löffel Grießbrei aus dem Steinguttopf zu nehmen.

Jojo schleckte und leckte und schaute mit nach oben verdrehten Augen zu dem Topf, den sie hochhielt. Ein erneuter Klecks des heißen Guts direkt auf ihren reifen Äpfeln spornte Jojo zum wild gurgelnden vergnügten Schlecken an.

»Schau, was ich für dich habe«, flüsterte Lena geheimnisvoll, zog eine Pflaume vom Brei und hielt sie in die Luft. Jojo schnappte nach dem Obst und landete ob des weichen Untergrunds genau zwischen ihren Beinen.

Jojo griff sich behände an den Reißverschluss seiner Hose, um sie zu öffnen.

»Schöner Jojo«, seufzte Lena und ließ die Hand mit der Pflaume unter ihren Rock gleiten, wo sie die süß eingelegte Frucht verschwinden ließ.

Jojo kannte das Spiel und tauchte ab in die Tiefen von Lenas Rock, um nach der Pflaume zu suchen, die er schnell und behände fand. Er umfasste Lenas rundliches Hinterteil, um genug Gegendruck für das Auffinden der Pflaume zu haben, und Lena seufzte kaum hörbar.

Dann schaute er mit dem Blick eines kleinen, wilden Buben wieder zu Lena hoch und stöhnte leise.

Sanft drückte Lena ihn nach hinten, sodass sein Rücken sich bog und er sich ins Heu legte, ein kleiner, aber beeindruckender Mast reckte sich keck und hungrig in die Höhe.

Sie raffte ihren Rock, warf sich die silbrige Strähne auf den Rücken und ließ sich auf ihn gleiten. Beide lachten leise.

Lena zog sich den Büstenhalter aus. Der Heuschober duftete nach Vanille, Zimt und Schweiß. So wie damals. Jojo steckte tief in Lena und hob sich an, um den Grieß von ihrer Haut zu schlecken. Sie fanden ihren Rhythmus und wurden lauter.

»Weißt Du noch …?«, flüsterte sie in sein Ohr, an dem die weißen, dünnen Haare im Schweiß klebten, und steckte ihm ein Pfläumchen in den Mund. Jojo schnurrte. Sie nahm ihn fest in ihre Arme und half ihm beim Anziehen.

Sie küsste ihn auf den Mund, als sie ihn in ihr Auto setzte und zurück ins Pflegeheim fuhr. Seine faltige Hand lag in ihrem Nacken, und seine blauen Augen strahlten müde.

Als die Nachtschwester die Tür öffnete, raunzte Lena: »Heute konnte er sich an mich erinnern«, lächelte und fuhr in ihr Haus zurück, das sie nun seit mehr als drei Jahren ohne Jojo bewohnen musste.

Kleeblattbrötchen und Champagner

Katharina Burkhardt

Bei großer Enttäuschung und Niedergeschlagenheit hilft oft nur noch ein Trost in Form von hauchfeinen Seelenstreichlern, glühenden Herzerwärmern und cremigen Glücklichmachern. Es gibt nichts Schlimmeres, als einen Tag einsam und tränenreich bei einem kargen Frühstück mit angekokeltem Toast und kaltem Kaffee zu beginnen, sich mittags hastig im Stehen einen Teller Ravioli aus der Dose reinzuschaufeln und abends schließlich eine Tiefkühlpizza zu verdrücken, während der Fernseher läuft und Herzschmerzgeschichten erzählt. So werden Sie Ihren Frust garantiert nicht los.

Wie wäre es denn stattdessen mit einem echten Seelenstreichler-Buffet auf dem heimischen Küchentisch? Ganz für Sie alleine – oder, wenn Sie mögen, auch für einen oder mehr liebe Menschen, die Sie an diesem Tag begleiten und Ihnen auf ihre ganz eigene, persönliche Weise Trost spenden?

Achten Sie beim Zubereiten der Speisen unbedingt auf frische Zutaten. Altbackenes, Fades, Abgestandenes kommt nicht auf den Tisch. Beachten Sie auch, dass Sie zwar den ganzen Tag über essen dürfen, sich aber weder Übelkeit noch Völlegefühl einstellen sollten, denn beides würde Ihre deprimierte Stimmung nur verstärken. Die Kunst liegt vielmehr darin, dass Sie sich wohldosiert all das zuführen, was der Rest der Welt Ihnen momentan verwehren will. Streicheln Sie Ihre Seele – zart, liebevoll, häppchenweise. Sie wird es Ihnen danken.

Für ein Buffet benötigen Sie:

✤ Feinste, selbst gemachte Marmelade, zum Beispiel Brombeer-Holunder-Marmelade, Apfelgelee mit feinen Mandelsplittern oder Erdbeer-Rotwein-Konfitüre, die schon beim Öffnen der kleinen Twist-off-Gläser wohlige Erinnerungen an reifes Obst in üppig grünen Sommergärten weckt und intensiven Sonnenschein verströmt.

✤ Kross gebackenen Schinken mit gebratenen Tomatenscheiben und Zwiebeln, um Seele und Nerven zu kräftigen und Ihrem Leben wieder etwas mehr Substanz zu verleihen.

✤ Gekochte Eier von glücklichen Hühnern – Gutes für andere zu tun, verschafft schließlich immer auch eine eigene, innere Befriedigung.

✤ Pikanten Schweizer Käse, zum Beispiel Gruyère, der Ihrem Tag eine feine Würze verleiht.

✤ Frisch gebackene Kleeblattbrötchen, die von ewiger Freundschaft zeugen, und französisches Baguette, das von Paris, der Stadt der Liebe ebenso erzählt wie von feinem Sand und meterhohen Atlantikwellen, Zelten unter Pinien und diesem unbeschreiblichen Duft nach Freiheit, Jugend und Übermut.

✤ Wahlweise einen Glückstee aus Roiboos und Kakaoschalen oder Milchkaffee, getrunken aus einer großen Keramikschale (wegen des Urlaubsgefühls).

✤ Einen bunten Salat, der Ihnen die Vielfalt des Lebens zeigt, garniert mit würzigem Schafskäse und eingelegten Pfefferschoten, die für den nötigen Pep sorgen.

✤ Einen Topf voll Minestrone, die Ihnen Bauch und Seele wärmt und Sie südländische Sonne auf Ihrer Haut spüren lässt. Folgen Sie doch einfach den Spuren der italienischen Kräuter und genießen Sie den Geschmack von Leichtigkeit und Leidenschaft.

✤ Hauchfein geschnittenes Wokgemüse, das den Duft asiatischer Gelassenheit verströmt, scharf gewürzt mit frischem, rotem Chili, der ein loderndes Feuer in Ihrem Körper entfacht und nicht nur Ihr Herz zum Glühen bringt.

꙾ Selbst gemachten Kartoffelsalat nach Großmutters Art, der Ihnen zusammen mit Frankfurter Würstchen und gelber Brause die Unbeschwertheit Ihrer Kindergeburtstage zurückgibt und Ihnen ein heiteres Lachen ins Gesicht zaubert.

꙾ Viel edlen Champagner, dessen prickelnde Kühle Ihnen aufregende Momente prophezeit und Ihre Sinne anregt.

꙾ Schokoladenpudding mit gehackten Mandeln und Vanillesoße, der auch dann noch rutscht, wenn Ihnen der Appetit eigentlich längst vergangen ist, und der Sie mit satter Zufriedenheit erfüllt.

꙾ Eine sehr große Schüssel Glücklichmacher-Crème mit leicht gefrorenen Himbeeren, zerbröckelten Baiserstückchen und viel, viel geschlagener Sahne. Die Luftigkeit dieses Desserts täuscht darüber hinweg, wie viele Kalorien Sie soeben zu sich nehmen. Doch wer interessiert sich an einem Tag wie diesem schon für Gewichtsprobleme? Viel wichtiger ist, dass sich Ihre Seele entspannt – und das tut sie garantiert, Löffel für Löffel.

꙾ Frische Erdbeeren, die vorzüglich zu einem Glas eisgekühltem Champagner passen und von Erfolg und Eleganz zeugen.

꙾ Viel, viel Trostschokolade in Ihrer Lieblingsgeschmacksrichtung, die Stückchen für Stückchen, Knack um Knack, verteilt über den ganzen Tag ein beruhigendes Gefühl von großer Vertrautheit und tiefem Glück in Ihrem Bauch erzeugt.

Ostpreußische Keilchen

Elke Rathsfeld

»Liebe geht durch den Magen«, lächelt sie grimmig, als sie für ihren Mann Ernst das Mittagessen zubereitet. In den nunmehr zweiundzwanzig Jahren ihrer Verbindung hatte sie ihn und ihre gemeinsamen Kinder stets mit Liebe umsorgt.

Anfangs, als sie und Ernst ihre erste gemeinsame Wohnung bezogen hatten, konnte sie nur Schnitzel braten und Spaghetti kochen, was er einige Wochen still hinnahm, bis er sich an einem Sonntag fast winselnd am Telefon bei seiner Mutter zum Essen anmeldete. Strahlend und mit roten Wangen war er nachmittags zurückgekommen, mit Siegerlächeln im Gesicht. Er hatte sich den Korn aus der Speisekammer geholt, und dies war der Moment, in dem sie beschlossen hatte, eine wirklich gute Hausfrau zu werden.

Sie holt gut anderthalb Kilo Kartoffeln aus dem Keller.

Auf dessen Treppe hatte sie sich vor vielen Jahren fast ihr Genick gebrochen. Ernst hatte oben nach kühlem Bier verlangt, weil der Nachbar mit dem Lottoschein der Tippgemeinschaft vorbeigekommen war. Sie hatten einen kleinen Betrag gewonnen und wollten es begießen. Eilfertig war sie aufgesprungen und mit ihren noch feuchten Gartenschuhen auf der Kellertreppe ins Rutschen geraten, stolperte kopfüber die steile Treppe hinab, gab Gegengewicht und fiel auf den Hintern, rappelte sich hoch und rutschte die verbliebenen Stufen mit umgeknicktem Fuß bis ganz hinunter. Oben brüllte Ernst, wo denn das verdammte Bier bliebe. Es war lange her, aber immer, wenn sie in den Keller hinab stieg, fing die damals gerissene Sehne leicht zu ziehen an.

Sie beginnt, die Kartoffeln zu schälen.

Als sie noch jung waren, da liebte er es, sie Kartoffeln schälen zu sehen. Er hatte sich von hinten an sie herangeschlichen und ihr einige Momente zugeschaut, bevor er ihr einen kräftigen Schlag auf den damals bereits recht runden Po gegeben hatte. Erschrocken hat sie sich nie, war er doch ein etwas grober Klotz – auch damals schon – und beherrschte das Anschleichen keineswegs. Aber sie hatte ihm immer gerne die Freude bereitet und war heftig erschrocken, zumindest stieß sie einen spitzen Schrei aus und tat so, als schnappe sie nach Luft, griff sich ans Herz und kniff ihn in die Brust. Es war die Zeit der Bratkartoffeln mit Spiegeleiern gewesen, das Leben und Ernst waren noch leicht.

Sie nimmt ein Drittel der Kartoffeln, um sie zu kochen, während sie die anderen zwei Drittel fein reibt und anschließend in einem Leinensäckchen auspresst.

Seufzend denkt sie an die ersten Jahre, in denen sie sich nächtens in den Leinen wälzten, die sie als Aussteuer mitbekommen hatte. Wenn sie tagsüber Nudeln gekocht hatte, machte er im Dunklen Scherze und ließ sie seine Nudel rollen, walken und mit Sößchen verfeinern.

Still lächelt sie in sich hinein, als sie die Flüssigkeit vorsichtig abgießt und etwas von der abgesetzten Kartoffelstärke in die Kartoffelmasse gibt. Die milchig weiße Brühe, die durch ihre Hände rinnt, der leicht herbe Geruch und das Leinensäckchen erinnern sie daran, wie es gewesen war. Sie hatte Ernsts Unbeholfenheit, nächtens in den Laken, sehr gemocht. Er ließ sich leicht von ihrer Lust aus der Fassung bringen. Sie war glücklich, wenn sie ihn so sehr verunsicherte, dass er sich nicht hatte zurückhalten können.

Sie hatten viel Spaß damals, und bald kündigte sich das erste Kind an. Damit hörte der Spaß dann auch auf.

Schweiß steht ihr auf der Stirn, als sie die gekochten Kartoffeln mit dem Kartoffelstampfer zu Mus verarbeitet und es mit der Masse der rohen geriebenen Kartoffeln vermischt.

Die Schmerzen bei der Geburt ihrer ersten Tochter hatten sich genau so angefühlt. So, als wenn die ganze Welt in ihrem Leib herumwühlte, sie traktierte, zerrieb, zerstieß und zerstach. Ernst hatte damals im Flur des Krankenhauses gewartet und konnte sich die Enttäuschung nicht aus den Augen freuen, als man ihm mitgeteilt hatte, dass er Vater einer Tochter geworden war. Es hatte zwei Tage und viel Korn gebraucht, bis er sich den Anschein von Freude geben konnte. In ihrer Hilflosigkeit hatte sie ihm versprochen, beim nächsten Mal einen Sohn zu gebären, so als ob sie das entscheiden könnte. Aber so gut aufgeklärt war man damals nicht, um es nicht besser zu wissen.

Sie gibt Salz zum Kartoffelmus und knetet soviel Mehl darunter, dass die Masse nicht mehr klebt. Genau so – oder so ähnlich – war sie damals mit Ernst verfahren. Sie war zunehmend dazu übergegangen, ihn sich vom Leib zu halten. Ihren ehelichen Pflichten war sie nachgekommen. Sie war eine gute Köchin geworden. Hatte die Nudel- und Bratkartoffelphase überwunden und war mittlerweile zur besten Tortenbäckerin der Nachbarschaft aufgestiegen. Es war reine Notwehr gewesen, die sie zum Backen von Süßigkeiten gebracht hatte: Ernst war dem Korn nach wie vor zugetan, und sie mochte seinen Atem nicht riechen, wenn er sich abends in den Leinen zu ihr herüber beugte und ihre Brüste knetete. Also hatte sie angefangen, kleine Törtchen zu backen, die sie mit allerlei süßem Schnickschnack und Sahne belegte. Allabendlich fand er ein kleines Törtchen auf seinem Nachttisch, das er vor ihr vernaschen

konnte. Mit etwas Glück wurde er zu träge, um sich über sie herzuma-
chen. In den anderen Nächten überdeckte das Zuckergebäck seinen mit
Korn getränkten Atem.

Tränen laufen ihr über das Gesicht, während sie die vier Zwiebeln in
dünne Ringe schneidet.

Ernst hatte sie erneut geschwängert, und die Zeit, in der sie ihr Kind
austrug, war geprägt von Albträumen, Ängsten und nervösen Beschwer-
den. Wie sollte sie ihm gegenübertreten, wenn sie erneut eine Tochter
zur Welt brachte? An ihrer Küche konnte er mittlerweile nichts mehr
aussetzen. Sie verwöhnte ihn mit blutigen Steaks, mit Sauerbraten und
Hirschgulasch an Polenta. Als sie ihm von ihrer zweiten Schwangerschaft
erzählte, kaufte er blaue Babywäsche und klitzekleine Fußballschuhe, die
er ihr sehnsuchtsvoll lächelnd schenkte. Die Sturzbäche von Tränen, die
sie laufen ließ, führte er auf ihren Hormonhaushalt zurück und nahm
sie in den Arm. Sie hatte ihn abgeschüttelt damals und tagelang nichts
gegessen.

Mit einem lauten Schmettern wirft sie die Eisenpfanne auf den Herd und
brät den rohen und den geräucherten Schweinebauch mitsamt den Zwie-
belringen an. Das Fett lässt sie auf kleinem Feuer ausbraten.

Immer wenn sie Fleisch zubereitete, dachte sie, dass es Ernst sei, den
sie da briet. Ein Schwein. Ein Bauch. Der Ernst mit dem Schweinebauch.

Sie hatte Glück gehabt, und ihr zweites Kind war ein Sohn. Ein Sohn,
der ständig schrie und immer nur schrie und brüllte und schrie. Ernst
war in die Kneipe geflohen damals. Dort konnte er entspannen. Zunächst
mit etwas Bier und Kartenspiel. Dann mit Korn und Gisela. Einmal war
sie nachts losgelaufen und hatte die zwei kleinen Kinder alleine in der
Wohnung zurückgelassen. Sie lief um die Häuser zu Ernsts Stammkneipe,
die bereits seit zwei Stunden geschlossen haben müsste. Hatte sie auch.

Sie fand Ernst damals vor einer Mülltonne stehend tief in Gisela vergraben, die auf eben dieser Mülltonne saß und vor Vergnügen grunzte wie ein Schwein.

Leise trat sie damals den Rückzug an und beschloss, Ernst seiner Bewegungsfähigkeit zu berauben.

Sie formt aus dem Kartoffelteig golfballgroße Bällchen und macht längliche Nudeln in Daumengröße aus ihnen. Die wirft sie in leise siedendes Salzwasser und gart sie, bis sie oben schwimmen.

Ernsts Nudel hat sie schon lange nicht mehr gesehen. Sie verbirgt sich unter seinem Schweinebauch, den sie in mühevoller Fürsorge über all die Jahre gemästet hat. In der Zeit ihrer Entdeckung von Giselas und Ernsts körperlicher Ertüchtigung war sie als Hausfrau zur Hochform aufgelaufen. Kein Tag war vergangen, an dem sie nicht für ihn gekocht hatte. Und sie konnte gut kochen. Besonders geschmackvoll hatte er alles gefunden, was viel Butter oder Fett enthielt, und es war ein Leichtes gewesen, ihn zu verwöhnen. Haxen hatte sie ihm bereitet und Dampfnudeln, Gänsebraten hatte sie mit Strudelteig gefüllt, und wenn sie mit den Kindern zu den Großeltern gefahren war, bekam Ernst die Gutscheine vom Hähnchengrill um die Ecke, der zudem die fettesten Pommes der Region zubereitete.

Sie nimmt den ausgebratenen Schweinebauch und legt viele Zwiebeln darauf. Die gegarten Kartoffelnudeln übergießt sie mit dem ausgelassenen Fett.

Ernst ist mittlerweile Frührentner und kann sich aufgrund seiner Dickleibigkeit kaum noch bewegen.

Jetzt kann es nicht mehr lange dauern.

Sie holt die Flasche Korn aus der Speisekammer. Den wird er brauchen nach dem Essen.

Zufrieden schaut sie Ernst beim Essen zu. Wie ein Tier stürzt er sich auf die ostpreußischen Keilchen, gräbt seine Zähne ins Essen, schnauft, schmatzt und lässt sich das Fett aus den Mundwinkeln rinnen. Erleichtert betrachtet sie seinen hochroten Kopf und die leichte Atemnot. Die viele Mühe und Geduld, sie haben sich gelohnt.

Gulasch

Elke Rathsfeld

Heute ist mein letzter Tag. Ich bin nun seit über siebzig Jahren hier, und eigentlich wäre ich auch gerne länger geblieben.

Wenn es nach der neuen Regierung ginge, wäre ich bereits vor sieben Jahren über den Jordan gegangen. Natürlich haben die jungen Regierenden heute andere Worte dafür und wissen sowieso nicht mehr, was eigentlich damit gemeint war, wenn einer sagte »über den Jordan gehen«. In meinen jungen Jahren war diese Redewendung ein bisschen abfällig für »sterben«, aber eigentlich sind die alten Israeliten aus der Wüste über den Jordan ins Gelobte Land eingezogen. Die Bibeldeuter meinten, dass dies den Übergang ins Himmelreich symbolisiert. Heute haben wir keine Religion mehr. Wir haben eine Weltregierung, die uns freistellt, woran wir glauben, solange irgendeiner daran etwas verdienen kann. Nur: Verdienen kann heute kaum mehr einer etwas. Mühsam beackern wir verseuchte Felder, züchten verkrebste Hühner, die wir dann, wenn sie groß genug sind, köpfen, um uns mit ihrem kranken Fleisch am Leben zu halten. Na ja, also ich tu das nicht, aber die Nachbarn tun es.

Vor sieben Jahren zitierte man mich, so wie alle Bürger meines Alters, in die Halle des Übergangs. Dort wollte man mir zu sanfter Musik die Injektion der Freiheit verpassen, so sehen es die neuen Gesetze vor. Aber ich *war* frei und wollte nicht freier sein. Der junge Pfleger und Staatsdiener sollte gemäß den Freisetzungsrichtlinien meinen letzten Essens- und Musikwunsch erfüllen. Ich wollte den Gulasch mit Ingwerpflaumen, aber noch viel mehr wollte ich weiterleben. Also habe ich ihm den wirklich gut duftenden Teller um die Ohren gehauen, ihm mit der Spritze der Freiheit gedroht und bin durch die Tür geflohen, die er versehentlich offen gelassen hatte. Es war ein ganz junger Pfleger, und ich denke, er war aufgrund der damals häufigen Nachrichten der staatlichen Medien einfach eingeschüchtert. Täglich gingen Berichte über den Screen, die von aufmüpfigen Antifreiheitskämpfern der hohen Altersgruppen handelten: angeblich gewalttätige Demonstrationen, Übergriffe auf junge Lebensmittelverteiler, Bomben in den Hallen des Übergangs. Ich denke, der junge Mann hatte einfach Angst und vorsichtshalber die Hintertür offen gelassen. Da bin ich fix raus.

Die wirkliche Freiheit hatte ich an der Seite von Jakob, meinem Mann, dem Ingenieur, der für einen großen Haushaltsgerätehersteller arbeitete, sein ganzes kurzes Leben lang.

Ach Jakob, dein Foto steht hier vor mir, wie du stolz vor einem wirklich großen Kühlschrank stehst. Lässig lehnst du dich an dieses weiße Ungetüm und lachst in die Kamera. Ich habe es gerettet, das Foto von dir, und auch die vielen Kühlgeräte, die du immer um dich versammelt hattest, habe ich gerettet. Und sie haben mich gerettet.

Dabei warst du überhaupt kein kühler Typ. Nein, ganz im Gegenteil. Warmherzig warst du und liebevoll, den ganzen Tag hattest du immer einen Grund zum Lachen.

Ich gehe jetzt zu einer von deinen sieben Kühltruhen und hole die letzte Schweinelende heraus. Es ist die letzte Kühltruhe, die ich noch laufen lasse. Die anderen sechs Kühltruhen, die du heimlich in dem baufälligen Schuppen unseres kleinen Inselgrundstücks versteckt hast, habe ich über die letzten sieben Jahre leer gefuttert. Du wärst stolz auf mich, wie sparsam ich war. Weniger als eine Kühltruhe pro Jahr habe ich geleert. Und doch hatte ich, ob deiner klugen Voraussicht, jede Woche etwas Fleisch und pürierte Gemüsesuppe. Und unsere Hühner sind gesund und fruchtbar. Ich habe seit deinem Tod keines mehr getötet, und dafür haben sie mich mit ihren Eiern am Leben gehalten.

Es ist ein sonniger Tag heute, und ich war mittags noch mal am Meer. Ich habe auf die trübe Suppe nicht so ganz genau geblickt, so wie du es getan hättest. Ich habe die Augen zusammengekniffen und mich erinnert, wie das Meer aussah, als wir das kleine Häuschen auf unserer Insel gekauft haben. Damals, in den frühen 2000ern, war das Meer noch graublau und spielte im Wind mit salziger Gischt, warf Surfer von ihren Brettern und glitzerte im Sonnenlicht. Wir waren nicht mehr ganz jung, aber so verliebt: in uns, in die Welt, ins Meer, in die langweilige Insel, ins Leben.

Damals habe ich angefangen, die Pflaumen in Ingwersud einzulegen, und auch die letzten von ihnen habe ich gestern Abend aus der übrig gebliebenen Truhe herausgenommen und aufgetaut.

In unserem ersten Jahr dort habe ich auch diesen kleinen Kräutergarten angelegt, der uns so viele genüssliche Grillabende ermöglicht hat. Der benachbarte Bauer Jörns hat sich immer gerne über den Gestank beschwert, wenn wir die Rindersteaks mit Thymian und Rosmarin gegrillt haben. Wenn wir ihn dann aber einluden, hat er sich ganz schnell beruhigen lassen.

Nur mal gut, dass ich den Thymian, den Rosmarin und die Zwiebeln dann irgendwann auch eingefroren habe.

Mir reicht es schon lange, und ich habe mich ja von allen Medien verabschiedet, aber sie werfen die Nachrichten und Werbeeinblendungen in den Himmel. Selbst hier über der Insel ist es nachts nicht mehr wirklich dunkel, obwohl hier kaum noch Leute leben. Die meisten sind als menschliche Ressourcen in die Metropolen gezogen, um ihren Dienst für die Gemeinschaft zu verrichten, so als gäbe es diese noch.

Nun braten die Zwiebeln und die Lende. Ein lebendiger Duft und Wohlgefühl ziehen durch unsere gemeinsame Wohnstube, dabei ist das Schwein, dessen Lende ich nun brate, schon vor mehr als siebzehn Jahren verstorben. Nun ja, das mit dem »verstorben« ist vornehm ausgedrückt. Das arme Schwein entstammt der damals üblichen polnischen Massenzucht, weil die Massentierhaltung in Deutschland ja verboten worden war.

Ach Jakob, wir haben nichts geändert mit unseren Unterschriften, Wahlkreuzen und Initiativen. Und nun brate ich genüsslich die in Würfel geschnittene Lende des armen alten Schweins, werfe Zwiebeln, Thymian, Pfeffer und Rosmarin dazu und genieße den Duft.

Und ich will nicht so intensiv über das tote Tier nachdenken. Es ist ja schon so lange tot und hatte wirklich ein unwürdiges Leben. Ganz im Gegensatz zu uns. Wir hatten ein tolles Leben miteinander, und doch bin ich froh, dass du schon vorgegangen bist.

Die letzten Jahre waren schlimm, und wärst du jetzt hier an meiner Seite, würdest du dich nur unnötig aufregen. Ich hingegen genieße jetzt meinen letzten Tag in größter Gelassenheit.

Deine Kühltruhen, die du mir hinterlassen hast, erlauben mir jetzt, das zu tun, was alte Leute schon immer gern getan haben: Ich träume mit jeder aufgetauten und nun duftenden Zutat von früher. Und ja: Früher war es wirklich besser.

Ich nehme mir schnell einen Schluck Wein, bevor ich mit der Sauce anfange. Unseren Keller haben wir ja in weiser Voraussicht mit guten Tröpfchen bestückt, und ich war sparsam in den letzten Jahren. Jakob, der erste Schluck des Grauburgunders aus Frankreich, der geht auf dich.

Die beiden Zwiebeln, die ich zerhacke, bringen mich nicht zum Weinen, nein, sie machen mich glücklich. Es waren unsere ersten selbst angebauten Zwiebeln, die ich jetzt in Margarine anbrate. Es riecht nach Geborgenheit, und ich freu mich auf dich, Jakob.

Als die Brücke zum Festland zerbrach, warst du noch bei mir, und wir alle dachten, die Regierung würde schnell Bautruppen schicken, die sie wieder aufbauen würden. Aber es war kein Geld in den öffentlichen Kassen, und nach einigen Monaten wurde selbst der eingeführte Versorgungsverkehr mit den Barkassen wieder eingestellt. Das hast du damals nicht fassen können und dich so sehr aufgeregt, dass dein Herz einfach ausgesetzt hat. Und nun liegst du hinten auf der Wiese, unter dem Birnbaum, den du so sehr geliebt hast.

So, nun gebe ich einige Löffel Curry in die geschmolzene Margarine, die Reste von Chili-, Soja- und Worcestersauce kommen auch noch hinein in den Topf. Stell Dir vor, Jakob, die süße Sahne, die ich nun hineinrinnen lasse, ist tatsächlich frisch. Der Sohn vom alten Bauern Jörns hat doch wirklich noch Milchkühe, die sich sogar fortpflanzen auf seinem mageren Acker.

Aus einer uralten Dose fische ich vier Scheiben Ananas, die ich in die Sauce gebe, und die übrigen Scheiben werde ich für Greta aufheben, die mich sicher morgen oder übermorgen finden wird. Sie werden ihr den Schrecken hoffentlich versüßen. Überhaupt werde ich ihr auch den Rest vom Gulasch und die Orangenmarmelade hinterlassen, denn die muss ich jetzt öffnen, um ein bis zwei Löffel in die Sauce zu geben.

Ach Greta, die gute Seele, ich werde ihr sicher fehlen. Sie war die Letzte, die hier vor über zehn Jahren auf die Insel kam. Sie war die Frau eines Schiffers, der mit zu viel Weinbrand im Blut von Bord gekippt ist. Ach herrje, den Weinbrand hätte ich fast vergessen. Da muss noch ein gutes Gläschen in die Sauce. Die restliche Flasche werde ich dem Sohn vom alten Jörns hinterlassen, denn Greta ist seit ihrer Witwenschaft ja strikte Abstinenzlerin.

Eigentlich hatten wir es in den letzten Jahren ganz gut hier auf unserer kleinen Insel. Irgendwie hat die Welt uns total vergessen. Mit den alten Generatoren hat hier jeder zwei Stunden Strom am Tag, und das reicht dicke. Vielleicht hatten wir es hier ein bisschen beschwerlicher als all die anderen, die in den Metropolen leben. Aber haben die ein Leben? Sie leben in kleinen überwachten Schachteln und schuften bis zum Umfallen.

Ich bin glücklich und dankbar, dass ich hier in der Abgeschiedenheit leben durfte. Wir Vergessenen haben uns unterstützt und uns gegenseitig geholfen. Deshalb ist Greta ja auch in unser kleines Gartenhäuschen gezogen. In den Jahren ohne dich war sie mir eine liebe Stütze und ich ihr sicherlich auch.

So, nun kommt noch das Herzstück in den Gulasch: die kleingeschnittenen Ingwerpflaumen und die gebratenen Fleischstücke. Du hast dieses Essen genauso geliebt wie ich, lieber, lieber Jakob.

Während das nun alles vor sich hin blubbert und unsere kleine Küche mit allen Gerüchen des Lebens erfüllt, will ich schnell den Tisch richten. Ich hab mir den alten und klapprigen Campingtisch vom Speicher geholt. Es ist das quietschgelbe Plastiktischchen, das du in Italien für mich gekauft hast. Es war sündhaft teuer, und ich habe es extra für das bevorstehende

Essen auf Hochglanz poliert. Ich räume es jetzt raus in den Garten zum Birnbaum, zu dir. Dort will ich mich dann mit dem Schweinegulasch, der nach Ingwerpflaumen duftet, bei dir niederlassen zu meinem letzten Mahl, bevor ich wieder bei dir bin. Ich werde ein bisschen mit dir plaudern, und wenn ich plötzlich hören werde, dass du antwortest, dann weiß ich, dass wir wieder beieinander sind.

Die Spritze der Freiheit habe ich damals in meinem Grabeskittel versteckt, den sie mir in der Klinik angezogen hatten. Wie alles andere, so habe ich auch die Spritze tiefgefroren und heute wieder aufgetaut. Ich hoffe, sie wirkt noch.

Fehmarn, Oktober 2039

Lammspieß auf Couscous

Katharina Burkhardt

Rache ist süß, sagt der Volksmund. Ich finde allerdings, dass Rache ein sehr hässliches Wort ist. Es klingt nach Niedertracht und Bösartigkeit. Das hat nichts mit dem zu tun, was Rosi und ich getan haben. Wir wollten einfach nur eine Art ausgleichender Gerechtigkeit für das Unrecht erhalten, das uns widerfahren war. Und ich finde, das ist uns auch gut gelungen.

Rosi und ich haben uns vor fünf Jahren mit einem Cateringservice selbstständig gemacht. Seitdem kochen und backen wir auf Bestellung für große Feiern, kleine Feiern, offizielle Anlässe und Privatpartys. Unser kleines Unternehmen läuft gut, wir können nicht klagen. Besonders gern denke ich an das hundertjährige Firmenjubiläum des Verlags Kampmann & Hoffe zurück. Es zählt eindeutig zu den Höhepunkten unserer Karriere.

Die Leute glauben immer, wir hätten so großen Erfolg, weil wir viel Wert auf Qualität legen und ständig neue, ungewöhnliche Rezepte kreieren. Natürlich spielt das auch eine Rolle. Aber der wahre Grund für unseren Erfolg ist die Magie, die unsere Kunden aus jedem noch so kleinen Törtchen, jedem winzigsten Stück Brot oder Fleisch herausschmecken.

»Welche Magie?«, fragen Sie nun vielleicht und ziehen erstaunt die Augenbrauen hoch.

Na, Magie eben. Der kleine Zauber, den wir jederzeit zum Leben erwecken können, wenn wir nur wollen. Wussten Sie zum Beispiel, dass die

Gefühle, mit denen Sie kochen, in all Ihren Speisen stecken und sich beim Essen auf Ihre Gäste übertragen?

Sie ziehen Ihre Augenbrauen noch ein Stückchen höher und zweifeln an meinem Verstand? Ja, das hat Axel Klinger von Kampmann & Hoffe auch getan. Und es ist ihm nicht gut bekommen, das kann ich Ihnen versichern.

Genau genommen fing alles lange vor dem Firmenjubiläum an. Rosi hatte die Idee mit dem Buch – sie hat ständig so geniale Ideen, und dafür bewundere ich sie, seit wir zusammen eingeschult wurden.

»Wir schreiben ein Kochbuch«, verkündete sie eines Abends, als wir erschöpft, aber glücklich von einer Wohltätigkeitsveranstaltung heimkehrten, auf der für die Modernisierung eines Kinderkrankenhauses gesammelt wurde.

Unsere Spezialität des Tages waren Holundertörtchen. Ein Nachbar hatte uns gestattet, seine Holundersträucher abzuernten, und seine Großzügigkeit klebte an jeder einzelnen Beere, die sich in der Buttercreme befand. Bei jedem Ei, das ich zum Teig gab, dachte ich an meine Tochter Lea, ein gesundes, fröhliches Kind. Ich warf ein wenig Mutterliebe mit in die Rührschüssel, wo sie zwischen den Eigelben zerfloss.

Liebe und Großzügigkeit – die perfekte Mischung.

Und wir hatten durchschlagenden Erfolg damit. Es kamen viel mehr Spendengelder für das Krankenhaus zusammen, als sich der Chefarzt jemals hätte erträumen lassen. Und zur allgemeinen Überraschung erklärte der Oberbürgermeister, bei dem ich dreimal mit meinem Tablett voller Holundertörtchen haltmachte, die Stadt werde ihren Zuschuss zu dem Projekt um eine beträchtliche Summe erhöhen.

»Wir schreiben alles auf«, sagte Rosi nun. »Unsere besten Rezepte, mit allen Tricks und Raffinessen. Dieses Buch werden uns die Leute aus den Händen reißen. Das wird ein Bestseller.«

In den nächsten Monaten kramten wir unsere schönsten Rezepte hervor, verbesserten an manchen Stellen noch ein wenig, und dann ging es ans Aufschreiben. Das machte vor allem mir besonders viel Spaß. Nur allzu gern erinnerte ich mich an die vielen Stunden, in denen ich gekocht und gebacken, gebraten, gerührt, geschnitten und geknetet hatte. Und fast noch lieber erinnerte ich mich an die glücklichen Gesichter von Menschen, die ich mit meinem Essen verzaubern konnte.

Zu jedem Rezept schrieben wir eine Geschichte auf, um die Wirkung der einzelnen Zutaten und des fertigen Gerichts anschaulich zu machen. Schmunzelnd dachte ich an die Silberhochzeit, auf der die Jubilarin nach übermäßigem Verzehr von Pflaumenkuchen mit dem besten Freund ihres Mannes durchgebrannt war. So etwas kann passieren, und auch das ist Magie.

Was schauen Sie mich so böse an? Diese Ehe war komplett im Eimer, und der Mann schrieb uns später einen rührenden Dankesbrief, wie froh er über diesen Befreiungsschlag sei, er selbst habe nie den Mut besessen, die Ehe zu beenden. Aber nun wisse er seine Frau gut versorgt durch seinen Freund, während er selbst endlich die Weltreise antreten könne, von der er schon immer geträumt habe. Na bitte!

Anfängern und ängstlichen Naturen empfehle ich dennoch, Pflaumenkuchen wohldosiert anzubieten. »Ab dem fünften Stück garantieren wir für nichts«, schrieb ich in unserem Buch. »Dann könnte die Wirkung umschlagen. Was für zartes Verkuppeln gedacht war, stiftet die Leute plötzlich zu wollüstigen Orgien an. Daher schlagen wir als Hauptgang auch einen Sauerbraten vor. Der sorgt für einen gewissen Stimmungsausgleich.«

Unser Buch wurde ein wahrhaft magisches Kochbuch, und so nannten wir es auch: »Das magische Kochbuch – zauberhafte Rezepte von Rosi Löwenherz und Katja Sommerland«.

Als wir fertig waren, schickte ich das Manuskript voller Zuversicht an einen Verlag. Und später an noch einen. Und noch einen. Und noch und noch und noch einen.

Unsere Euphorie wandelte sich in Ratlosigkeit. Warum wollten die Verlage unser Buch nicht haben? Was war daran so verkehrt?

Wir hatten die Hoffnung fast aufgegeben, als wir Post von einer Lektorin aus dem Hause Kampmann & Hoffe erhielten.

»Ihre Idee hat mich begeistert und überzeugt«, schrieb sie. »Wir müssen nun hier im Haus noch einige Details klären, dann melde ich mich wieder bei Ihnen.«

An diesem Abend öffneten Rosi und ich eine Flasche Champagner. Bald würde unser Buch veröffentlicht! Hurra!

Drei Wochen später waren wir schlagartig wieder nüchtern.

»Es tut mir sehr leid, aber ich kann Ihr Buch leider doch nicht in unserem Verlag unterbringen«, schrieb Sonja Blume, die Lektorin von Kampmann & Hoffe. »Unser Marketingleiter hat überraschend ein Veto eingelegt. Er glaubt, das Buch verkaufe sich nicht genug.«

»Warum?«, fragte Rosi fassungslos. »Warum glaubt dieser Idiot, dass sich unser Buch nicht verkauft? Frau Blume findet es toll. Reicht das nicht?«

Ratlos griff ich zum Telefon und rief Sonja Blume an. Sie druckste ein wenig herum, bevor sie mit der Wahrheit herausrückte:

»Nun ja, ehrlich gesagt fand Axel Klinger die Idee mit der Magie ziemlich albern. Seiner Meinung nach hat sich diese magische Masche längst überlebt. Harry Potter, Herr der Ringe, das alles war große Magie. Was jetzt noch kommt, sei angeblich nur noch ein billiger Abklatsch, der nicht mehr genug Umsatz bringe.«

»Magische Masche«, flüsterte ich und legte bestürzt auf.

»Magische Masche«, schnaubte Rosi und schlug mit einer Pfanne auf den Tisch. »Dem werd ich zeigen, was eine magische Masche ist!«

Es war nicht gerecht, fand ich. Jedes Mal, wenn ich in eine Buchhandlung ging, sah ich massenweise minderwertige Bücher auf den Verkaufstischen liegen. Bestseller, die entsetzlich trivial geschrieben waren, Geschenkbücher, die aus nichts als einem hübschen Umschlag bestanden, Kochbücher, die zum hundertsten Mal dieselben Gerichte anpriesen. Das kauften die Leute offenbar alles in rauen Mengen. Warum sollten sie nicht auch ein magisches Kochbuch kaufen wollen? Dieser Axel Klinger hatte doch keine Ahnung – weder von Magie noch von guten Büchern.

Rosi tobte. Sie ließ ihre Enttäuschung an unseren Lebensmitteln aus. Sie klopfte die Schnitzel nicht mehr flach, sondern prügelte sie windelweich. Sie schnitt die Möhren nicht mehr klein, sondern zerhackte sie. Kartoffeln zerquetschte sie zu Mus, und den Grillhähnchen machte sie derart Feuer unterm Hintern, dass sich unsere Nachbarn über die Rauchbelästigung beschwerten.

Ich konnte ihre Wut verstehen, war gleichzeitig aber auch entsetzt. Mit ihrem Zorn ruinierte Rosi unser Geschäft. Schon hörten wir die ersten Klagen von Kunden. Sie waren nach dem Genuss unserer Speisen schlecht gelaunt, aggressiv und unzufrieden. Als es auf einer Firmenparty nach dem Verzehr von blutigen Rindersteaks sogar zu einer Schlägerei unter Kollegen kam, wusste ich, dass es so nicht weitergehen konnte.

An jenem Abend stand ich müde und traurig in unserer Küche und sah mich um. Es war doch alles immer so gut gelaufen. Rosi und ich hatten so viel Glück in unserem Leben gehabt. Ich hatte eine wunderbare Tochter, und Rosi hatte einen niedlichen Hund. Gemeinsam hatten wir ein kleines Unternehmen, das großartig lief. Das konnten wir uns doch unmöglich von so einem blöden Marketingfuzzi kaputt machen lassen.

Seufzend nahm ich aus einer Plastikdose ein übrig gebliebenes argentinisches Rindersteak und erhitzte eine Pfanne, in die ich Butterschmalz gab. Die Pfanne muss sehr heiß sein, wenn man Steaks braten will, das ist wichtig. Ich spürte, wie die Hitze in mein Gesicht schlug. Meine Wangen röteten sich, mein ganzer Körper begann zu glühen.

Ich seufzte erneut, als ich das Fleisch in die Pfanne legte. Es zog sich zischend zusammen, und mich erfasste auf einmal eine tiefe Traurigkeit. Die Sehnsucht nach Gerechtigkeit und Erfolg stieg mir in die Nase und brannte in meinen Augen. Nach zwei Minuten wendete ich das Steak, und fast gleichzeitig fielen meine ersten Tränen in die Pfanne.

Ich weinte immer noch, als ich längst am Tisch saß und bedächtig das Fleisch auf meinem Teller anschnitt. Es war wunderbar zart und von einem einzigartigen, intensiven Aroma. Ich hatte es nur mit dem Salz meiner Tränen gewürzt. Nachdem ich den letzten Bissen aufgegessen und das letzte Bratenfett mit einem Stück Rosmarinbrot aufgetunkt hatte, fühlte ich mich sehr leicht und lebendig. Ich war mir auf einmal sicher, dass alles gut werden würde.

Am nächsten Tag erhielten wir einen Anruf aus dem Hause Kampmann & Hoffe. Ob wir das Catering für das Firmenjubiläum ausrichten könnten? Wenn das kein Zufall war! *Natürlich* konnten wir das Catering ausrichten. Und *wie* wir das konnten!

Das Motto »1001 Nacht« war zwar nicht wahnsinnig originell – hatte sich das etwa der ach so geniale Vermarktungsexperte Axel Klinger ausgedacht? Allerdings liebten Rosi und ich die orientalische Küche und machten uns daher mit Hingabe an die Planung. Wir frittierten Kichererbsenbällchen, schmorten Hähnchenflügel mit Knoblauch und Kreuzkümmel und kochten Couscous in Hühnerbrühe und Orangensaft. Unsere zahlreichen Helfer waren stundenlang damit beschäftigt, Berge von Petersilie und Tomaten für die Tabule klein zu schneiden und Weinblätter mit Hackfleisch und Reis zu füllen.

Ich schnitt Lammfleisch in kleine Würfel, die ich abwechselnd mit Datteln und Zwiebelstücken auf Holzspieße steckte und mit einer Marinade aus Olivenöl, Honig, Salz und Zimt beträufelte.

»Brechdurchfall«, murmelte Rosi immer wieder, während sie eine andere Marinade herstellte. »Brechdurchfall und Warzen im Gesicht.«

»Und schielende Augen«, sagte ich mit fester Stimme und starrte wütend in Rosis grünlich schimmernde Ölmischung.

In dieser Marinade ließen wir nur einen einzigen Lammspieß zwei Stunden lang im Kühlschrank ziehen, bevor wir ihn brieten.

Es wurde ein großartiges Fest. Unser Essen versetzte die Gäste in eine fröhliche, ausgelassene Stimmung. Alle waren begeistert und lobten unsere Kochkünste.

Rosi schaute sich verstohlen nach Axel Klinger um.

»Es ist der Typ da drüben mit den schwarzen Haaren«, raunte sie mir zu.

Axel Klinger löste sich gerade aus einer Gruppe von Leuten und strebte dem Buffet zu. Der Augenblick war günstig. Ich griff nach meiner Platte, auf der sich zufällig nur noch ein einziger Lammspieß auf Couscous befand, und schnitt Axel Klinger den Weg ab. Er fing meinen Blick auf und strahlte mich eine Spur zu übertrieben an. Was für ein aufgeblasener Kerl! Ich straffte meine Schultern und strahlte zurück. Dieser Mann würde mir nicht widerstehen können. Und meinem Lammspieß auch nicht.

Wenn Magie im Spiel ist, zeigt sie sich in der Regel sehr schnell. So war es auch an diesem Tag. Während alle Gäste ausgelassen feierten und unsere Lammspieße auf Couscous in den höchsten Tönen lobten, verzog Axel Klinger sich schon bald mit einem gequälten Gesichtsausdruck auf die Toilette. Es dauerte lange, bis er wieder auftauchte. Er war grün im Gesicht und wankte schwer atmend vor die Tür. Ich folge ihm.

»Geht es Ihnen nicht gut?«, fragte ich mit gespielter Anteilnahme. Axel Klinger schüttelte den Kopf.

»Irgendwas ist mir nicht bekommen«, stöhnte er. »Vielleicht diese exotischen Gewürze. Kann das sein?«

»Ach, wissen Sie«, entgegnete ich leichthin. »Sein kann alles Mögliche. Die einen Menschen lieben orientalisches Essen, die anderen reagieren hochgradig allergisch darauf. Und wieder andere werden bloß Opfer einer magischen Masche.«

Bevor ich weiter ausholen konnte, trat Rosi zu uns:

»Diese Warzen da in Ihrem Gesicht sehen aber ziemlich eklig aus. Die hatten Sie doch vorhin noch nicht«, stellte sie fest.

»Warzen?«, keuchte Axel Klinger. »Was denn für Warzen?« Er hob eine Hand zum Gesicht und fuhr entsetzt zurück. Seine Gesichtsfarbe wechselte von Grün zu Weiß, bevor er wieder in Richtung der Toiletten stürzte.

Wir folgten ihm. Fasziniert betrachtete ich sein entstelltes Gesicht. Besonders angetan war ich von seinem linken Auge, dessen Augapfel sich irgendwie selbstständig gemacht hatte und wild herumkreiste. Manchmal ist selbst mir die Macht der Magie unheimlich.

»Was ist das?«, fragte Axel Klinger mit zittriger Stimme.

»Ach, das ist bloß diese alberne magische Masche, für die sich kein Mensch mehr interessiert«, sagte Rosi.

Axel Klinger starrte sie mit seinem rechten Auge an, während das linke vergnügt auf und ab hüpfte.

»Wovon reden Sie?«

»Darf ich vorstellen?«, half ich ihm auf die Sprünge. »Rosi Löwenherz und Katja Sommerland. Sie fanden unser magisches Kochbuch so albern, dass Sie es nicht veröffentlichen wollten. Das ist wirklich schade. Sehr, sehr schade.«

Nun dämmerte Axel Klinger, was los war:

»Sie haben mich vergiftet!«, schrie er. »Sie sind ja zwei ganz gemeingefährliche, durchgeknallte Weiber!«

»Vergiftet? Aber nein«, beruhigte Rosi ihn. »Wir haben Sie nur ein wenig geärgert. So, wie Sie uns geärgert haben. Das vergeht alles wieder.«

Axel Klinger war außer sich.

»Sie … Sie Hexen!«, schrie er. »Ich werde Sie anzeigen.«

»Hexen?« Ich runzelte die Stirn. »Ich dachte, Sie glauben nicht an Magie. Und anzeigen dürfen Sie uns gern. Aber das wird keinen Erfolg haben. In unserem Essen wird man garantiert nichts finden. Schauen Sie doch nur Ihre Kollegen an. Allen geht es gut.«

Mit einem verzweifelten Blick in den Spiegel fragte Axel Klinger:

»Wie lange bleibt das so?«

»So lange, bis wir uns nicht mehr ärgern. Sorgen Sie also dafür, dass wir glücklich werden, dann geht es Ihnen schlagartig besser.«

Axel Klinger krümmte sich zusammen. Seine Bauchkrämpfe mussten wirklich böse sein.

»Das ist Erpressung«, flüsterte er.

»Nein, Magie.«

Ich gebe zu, dass mein Lachen sehr fröhlich war, als Rosi und ich die Herrentoilette von Kampmann & Hoffe verließen. Wie ich schon sagte: Es war ein großartiges Fest.